제레미, 오늘도 무사히

제레미, 오늘도 무사히

Be safe

자비에-로랑 쁘띠 장편소설
Xavier-Laurent Petit

김주열 옮김

사□계절

음악에 관한 부분을 도와준 마농과
가사 부분을 도와준 라파엘에게

이 소설은 미군 탈영병 제레미 하인스만의 이야기와
사라 다니엘의 이라크 전쟁 취재 기사에서
많은 도움을 얻었다.

한국의 독자들에게

이야기는 어떻게 태어날까요?

영리하다고 자부하는 사람이 아니고서야 신비로 가득한 그 과정을 말하기는 쉽지 않을 겁니다. 그러나 한 가지는 확실해 보입니다. 모든 탄생의 경우처럼 맨 처음에는 우연한 만남이 있다는 겁니다. 생각지도 못했는데 작가가 한눈에 반하는 것들……

이를테면
어디선가 읽은 한 구절,
새로 발견한 어떤 장소,
얼핏 스쳐 간 어떤 이미지,

해 질 무렵 떠오른 추억,
그리고 여러 가지 다른 것들…….

『제레미, 오늘도 무사히』(Be safe)는 2006년 여름 어느 몹시 더운 날 오후에 태어났는데, 그때 나는 그늘에 앉아 일간지 '리베라시옹'을 읽고 있었습니다. 기사 하나가 눈길을 사로잡았어요. '캐나다로 도주한 그들'이란 제목의 기사는 군에 입대한 미국 젊은이들, 애국심이나 군대가 좋아서라기보다는 무기력함을 벗어나려고 입대한 젊은이들이 겪는 여정을 그려 낸 것이었지요. 소설 속의 제레미처럼 이 신병들은 무엇보다 괜찮은 봉급과 상당한 액수의 입대 장려금에 유혹을 느꼈다고 합니다. 군대는 구실이었고 훈련은 어쩌면 조금 거칠고 공격적인 놀이였다고나 할까요. 그 이상의 의미는 없었습니다.

모든 것이 바뀐 것은 그들이 소속한 부대가 이라크에 실전 배치된 날부터였습니다. 놀이는 갑자기 사라졌고 끔찍한 현실이 눈앞에 펼쳐졌지요. 실제 상황이 돼 버린 전투, 냉혹한 명령, 포탄 소리와 함정에 빠져 전사한 동료들의 시체.

그때부터 일부 젊은 병사들의 머릿속에는 한 가지 생각만이 맴돌았습니다. 탈영. 그들 대부분에게 그것은 캐나다 국경을 넘는 일이었지요. 인생을 건 결정이었습니다. 일단 그곳으로 넘어가면 그들은 영원히 법의 보호 밖에 있는 존재가 되는 겁니다. 군사재판에 회부될 각오를 하지 않는 한 집에 돌아오는 것은 불가능하지요.

기사를 다 읽기도 전에 나는 거기에 내가 써서 들려주어야 할 '사실임 직한' 이야기가 있다는 것을 알게 되었습니다. 그러니까 현실에서 일어났을 법한 이야기가 있다는 것을요.

공식적으로 미군 당국은 이라크전 기간 동안 약 5,500명의 탈영자가 발생했다고 밝혔습니다. 일부에 국한된 예외적 현상이라고 하기에는 너무 많은 숫자입니다. 더 정확한 숫자, 즉 실제 탈영자의 수치는 훨씬 더 높을 테지만 확인할 수 없지요.

그들은 맹목적 복종에 대한 거부를 선택했습니다. 공포를 앞세워 강요되는 권력의 폭압을 거부하는 결단 말입니다. 이 작품에 묘사된 전쟁 장면 중 지어낸 것은 하나도 없으며 모두가 실제 참전자들의 증언을 토대로 했습니다.

'전쟁 거부자들'은 반역자도 비겁자도 아닙니다. 그들은 그저 '아니오.'라고 말할 용기를 가진 자들입니다.

자비에-로랑 쁘띠

1

7월

제레미가 팔을 쭉 펴고 미친 듯이 기타를 흔들어 대는 동안 기타는 〈내 이름을 말해 줘〉의 마지막 화음을 토해 냈다. 긴 머리를 늘어뜨리고 땀에 흠뻑 젖은 티셔츠 차림으로 형은 두 눈을 감은 채 수천 명 청중의 갈채와 환호를 기다리고 있는 듯했다. 마지막 음이 짧고 날카로운 소리와 함께 잦아들면서 낡은 앰프가 지지직거렸다. 머리 위로 햇살에 달궈진 양철 지붕이 타닥거리는 소리를 내고 있었다.

제레미는 얼굴을 뒤덮은 머리카락을 쓸어 올렸다.

"콜라나 마시러 갈까?"

제레미는 '더 클래시'의 싱어인 조 스트러머 흉내를 낸다고 목청을 혹사한 나머지 목이 쉬어 버렸다. 나는 창고 벽에 베이스 기타를 기대 놓고 혹시 동전이 남아 있는지 주머니를 뒤져 보았다.

솔직히 우리 록 그룹은 단순하기 짝이 없었다. 제레미 형과 나 단둘. 형은 보컬과 기타를, 나는 베이스와 코러스를 맡았는데 한 사람이 두 파트씩 한다는 것은 보통 결심으로는 어림없는 일이었다. 우린 늘 픽시스, 더 클래시 또는 섹스 피스톨스의 곡들을 따라 했는데, 인근 캐시 컨버터즈(중고품 판매 체인점:옮긴이)에서 산 싸구려 마이크에 미친놈들처럼 소리를 질러 대는 식이었다. 하지만 우리 그룹만의 특징이 있다면 그건, 아마 록 음악 역사상 드럼이 없는 유일한 밴드일 거라는 사실이다. 우리가 비록 까다롭게 고를 처지는 아니었지만, 지금까지 드럼을 맡겠다고 찾아온 친구들은 대개 벌목장 인부 같은 타입으로 마치 귀머거리인 양 주위는 아랑곳지 않고 그저 두들겨 대기만 했다.

우리는 적임자를 찾고 있었다. 흙 속의 진주 같은.

사실 우리한테서 진짜 흠잡을 게 있다면, 그건 꽤나 소음이 크다는 거였다. 이웃들은 별로 하드 록을 좋아하지 않았으며 그 사실을 감추려고 하지도 않았다. 방학이 시작되면서부터 우리는 7월의 그 숨 막히는 더위에도 문을 걸어 잠근 채 창고에 틀어박혀 매일 아침부터 저녁까지 연주를 했다. 학기 중에도 하긴 했지만 방과 후 시간이 날 때만 가능했다. 내겐 학업이 최우선이었고 형처럼 학업을 중단하고 싶지는 않았다. 형은 2년 전쯤부터 학교를 쉬고 있었다.

제레미는 학교 공부에 재능이 없었는데, 그건 듣기 좋게 말한 것일 뿐 솔직히 깡통이었다. 열여섯 살 되던 날, 형은 부모님께 학교가 지긋지긋하며 앞으로는 일을 하겠다고 선언했다. 노동을 해서 자기 손으로 돈을 벌겠다는 거였다. 이런 약속은 하긴 쉽지만 지키기는……. 기계공장들이 문을 닫은 뒤부터 이 지역에서 일자리는 씨가 마르다시피 했고 고속도로 너머 옛 공단 지대도 폐허가 된 상태였다. 몇 주 동안 새벽 네 시에 일어나 동네 어귀의 대형 마트 자이언트 맥스의 트럭에서 짐 내리는 일을 했던 걸 제외하면 열여덟 살이 된 지금까지 제레미가 한 일이라곤 고작 지난겨울 대퇴부 골절상을 당한 노파 타타 니니제의 개들을 산책시킨 것이었다.

그렇다고 형이 취업하기 위해 최선을 다했는가 하면 그것도 아니다.

그저 세계적인 록 스타가 될 때까지 형은 변변한 일을 하지 않은 채 종일 방에 틀어박혀 기타를 퉁기거나 곡을 끄적거릴 뿐이었다. 그만큼 아빠의 분노도 쌓여 갔다.

제레미가 앰프를 끄자 지지직대던 소리가 멎었고 뜨거워진 양철 지붕이 타닥거리는 소리와 아빠의 작업장에서 나는 기계 소리만이 들릴 뿐이었다.

"우리, 자이언트 맥스에 가서 마실까?"

형이 물었다.

마치 선택의 여지라도 있는 것처럼! 자이언트 맥스는 반경 수 마일 내에서 아직도 영업을 하는 유일한 상점이었다. 다른 상점들은 공장들을 따라 문을 닫았고 건물들의 잔해는 겨울을 한 번씩 날 때마다 더욱 앙상해졌다.

제레미는 분신과도 같은 가죽점퍼를 걸치고 나가면서 엄마 자동차 키를 집어 들었다. 낡은 토네이도 자동차는 아빠가 하도 수리를 해서 본래의 부품은 하나도 남아 있지 않았다.

12

2

우리가 자이언트 맥스에 도착했을 때 주차장에서 서성대던 두 사내는 마트의 단골손님들에게 볼일이 있는 것 같지는 않았다. 주차된 자동차들 사이를 성큼성큼 걷던 그들은 몸에 꼭 맞는 말끔한 제복 차림을 하였지만, 멀리서 보면 짧게 깎은 머리에 챙 달린 모자를 깊숙이 눌러쓴 데다 흰 장갑에 반짝반짝 광나는 구두를 신고 있어 마치 까마귀 떼 가운데 길을 잃은 앵무새 같아 보였다. 둘 중 나이가 많아 보이는 사람의 은빛 장식이 햇살에 반짝거렸고 다른 한 사람은 그를 계속 '중위님'이라고 불렀다. 그 목소리가 하도 우렁차서 주차장 반대편에서도 들릴 정도였다.

"지금이 무슨 사육제 기간인 줄 아나 봐."

제레미가 내게 윙크하며 비웃었다.

그 말을 듣기라도 한 듯 두 사람은 우리 쪽으로 몸을 돌리더니 입가에 미소를 흘리며 다가왔다. '중위님'이 약식으로 경례를 했을 때 이미 제레미에게서 비웃음은 찾아볼 수 없었다.

"안녕, 젊은 친구! 자네 말대로 사육제는 아직 멀었지. 그런데 보니까 자넨 뭔가를 찾고 있는 것 같은데, 안 그런가?"

제레미는 눈을 덮은 머리카락을 쓸어 올렸다. 형은 군인의 질문을 정확히 이해하지 못했다. 이 도시에서는 일부 젊은이들이 주차장에서 대마초 밀거래를 하곤 했다. 그건 공공연한 비밀이었고, 아마 이 사내도 그걸 말하는 건 아닌지……. 제레미가 나한테 털어놓은 적은 없지만 나는 형이 가끔 밀매자들을 만나러 주차장에 들른다는 것을 알고 있었다. 그리고 군인이나 형사나 오십 보 백 보 아닌가.

"전 차가운 콜라 몇 캔 사러 왔어요. 그게 다예요."

군인이 껄껄대며 웃는 바람에 군복의 장식들이 짤랑거렸다.

"자네가 뭘 잘못했다는 게 아니야. 다만 자네가 혹시 다른 어떤 걸 찾고 있지는 않나 해서. 혹시라도 말이야."

"다른 거라니, 어떤 거요?"

"이를테면, 일자리 같은 거. 자네에게 이런 낡은 차 대신 그 이름에 걸맞은 새 차를 사게 해 줄 진짜 일자리 말이야. 혹시 관심 있나?"

그는 엄마의 낡은 토네이도를 가리키면서 제레미에게 다가왔다.

14

"생각해 보게! 좋은 일자리에다 매달 두둑한 봉급을 주
는…… 이런 게 아마 자네가 찾고 있는 게 아닌가 싶은데, 안
그런가?"

제레미는 눈을 깜박였다. '중위님'의 군복 상의에 달린 구리
단추들이 마치 꽃 장식처럼 반짝였다.

"일자리……. 아, 네. 찾고 있죠. 누구나 그렇죠, 뭐."

"그 시도 자체가 이미 대단한 거네. 그래서 찾은 건 있고?"

"솔직히 아직까진……."

"단도직입적으로 말하지. 자네가 잘하는 건 뭔가? 열 손가
락을 움직여서 어떤 걸 할 수 있지?"

제레미는 자기 손을 들여다보았다. 마치 양쪽 손에 각각 다
섯 개의 손가락이 달려 있다는 사실을 새삼 알게 된 것처럼.

"제 열 손가락으로요? 음, 기타를 좀 치죠. 제 동생 오스카
와 함께요. 우린 록 음악을 하는데……."

'중위님'은 내게 눈길 한 번 주지 않았다. 그가 관심 있는
건 제레미였지, 내가 아니었다.

"기타를 친다. 뭐 그것도 물론 좋지만, 그건 누구나 다 하는
거라서. 그리고 무엇보다 그걸로 먹고살 순 없으니까."

벌써 공연 포스터에 박힌 자신의 모습을 마음속으로 그리
고 있던 제레미에게 이런 말을 하는 것은 그를 모욕하는 거나
다름없었다. 하지만 군인은 항변할 겨를조차 주지 않았다.

"그러니까 내가 하고 싶은 말은, 자네가 진짜 기술을 배우

15

면 어떨까 하는 거지. 뭐랄까, 이를테면 다리를 놓는다거나, 아니면 정비사 혹은 컴퓨터 전문가가 된다거나……. 어쨌든 먹고살 수 있는 거 말이야."

미소를 띠고 있는 두 군인은 자신감이 넘치는 데다 혈색도 좋고 활기에 차 있었다. 그들을 감싼 군복은 크리스마스트리처럼 반짝이고 있었다. 그들 곁에서 낡아 빠진 가죽점퍼에다 어깨까지 내려오는 머리를 산발한 채 서 있는 제레미가 초라해 보였다.

"다리를 놓는다……."

제레미가 되뇌었다.

"그것도 있지만 또 다른 것도 있지. 건설 현장에서 기계를 옮기는 중장비 기사가 될 수도 있고. 어쨌든 가능성은 열려 있어. 우린 바로 자네와 같은 청년들을 찾고 있다네. 젊고 건장하고 일하고 싶어 하는 청년들, 자기 생활비도 벌면서 국가와 자유를 지키고자 하는 청년들."

"국가와 자유."

제레미는 그대로 따라 했다. 따라 하는 것 말고는 할 수 있는 게 없다는 듯이.

군인은 고개를 끄덕였다.

"멋진 계획 같지 않나? 좀 더 알고 싶은 마음이 있나? 잠깐만 시간을 내면 모든 걸 자세히 설명해 주겠네. 그렇다고 꼭 하라는 건 아니니까 부담은 갖지 말고."

"그럼 제 동생은요?"

"동생은 아직 조금 어리지."

'중위님'은 내 어깨 위에 멋진 흰 장갑을 얹으며 말했다.

"하지만 앞으로 몇 년 후엔 안 될 이유가 없겠지? 당분간 자네 동생은 여기서 자넬 기다릴 거야. 그렇지 않나, 오스카?"

그는 내 이름을 기억했고 마치 우리가 오래전부터 서로 아는 사이인 것처럼 이름을 불렀다. 하지만 나는 그자의 눈빛만 보고도 그가 먹잇감을 발견한 사냥꾼이라는 것을 느낄 수 있었다. 내 몸 깊은 곳에서 경보가 발령되었다. 이유는 잘 모르겠지만 제레미가 그자들을 따라가는 것이 내키지 않았다. 나는 형을 말리려고 했다.

"제렘! 이리 와! 들어가야지."

하지만 그 둘은 이미 형을 데려가고 있었다. 형은 고개조차 돌리지 않았다.

군용 차량 한 대가 주차장 끝에 서 있었고 차체에는 파란 글씨로 '군대는 일자리다. 군대로 오라!'라고 커다랗게 씌어 있었다. 제레미는 두 군인을 따라 차 안으로 휩쓸려 들어갔고 나는 방금 배 속 깊은 곳에 둥지를 튼 칙칙한 불안에 사로잡힌 채 뙤약볕 아래서 기다렸다.

3

자이언트 맥스는 매월 초 항상 사람들로 북적였다. 사람들은 봉급이나 사회복지 수당을 받은 직후라서 지갑이 두둑했고 물건을 사는 데 크게 망설이지 않았다. 손님들은 카트에 가득 채운 물건들을 승용차의 트렁크에 옮겨 실었는데 대부분은 엄마의 차보다 나을 것도 없는 낡은 차들이었다. 나는 그들의 왕래를 힐금힐금 곁눈질했다. 운이 좋으면 그들이 물건을 실으면서 주머니에서 동전이나 지폐를 흘리는 수도 있으니까.

그런데 주차장에서 서성이다가 '중위님'과 다른 한 사람 말고도 자이언트 맥스 주변을 훑고 다니는 자들이 있다는 사실을 알아차렸다. 그 군인들 역시 2인 1조였다. 그들은 제레미에게 했던 것처럼 청년들에게 다가갔다. 외모, 피부색, 옷차림, 그 어느 것도 가리지 않았다. 그들은 농담을 건네고 잠시 대화를 나눈 다음, 소중한 정보라도 건네주는 양 청년들에게 몸을 구부렸고, 몇 분 후에는 자신들이 낚아챈 청년들을 데리고 차량으로 향했다. 가끔 여자도 데리고 갔지만 드물었다.

대부분은 곧바로 나왔지만, 제레미를 포함한 몇몇은 시간이 꽤 걸렸다.

나는 좀처럼 땅에 떨어지지 않는 동전과 주머니에서 날아오를 것 같지 않은 지폐를 기다리는 일에 싫증이 났다. 뙤약볕 아래 주차된 엄마의 차는 한마디로 한증막이었다. 그래도 나는 엄마가 좋아하던 수염을 기른 늙은 록 그룹 크리던스의 노래를 듣기 위해 차 안으로 들어갔다.

꽤 오랫동안 〈뒷문으로 내다보며〉를 반복해서 들었는데 내가 좋아하는 곡이었다. 제레미는 그때까지도 오지 않았고 나는 다시 배 속 깊은 곳에 마치 뱀처럼 똬리를 튼 불안 덩어리가 슬며시 커지는 것을 느꼈다.

그때 갑자기 형이 나타났다.

"좀 오래 걸렸지……."

오른손에 녹색 종이를 든 그는 오후의 햇살 아래 눈을 반쯤 감은 채 묘한 웃음을 지었다.

"멍청한 짓을 했나 봐."

"그건 뭐야?"

"나 사인했거든."

19

"사인하다니, 뭘?"

형은 토네이도 운전석에 앉아 녹색 종이를 건넸다.

"이거 봐, 육군 입대 서약서야. 4년."

나는 갑자기 몸을 일으키는 바람에 룸 미러에 머리를 부딪쳤다.

"군대라니! 그러니까 형이 군대에 간다고…… 군인이 된다고…….."

"그래, 군인……. 하지만 이건 명심해! 네가 생각하는 그런 군인이 아니라는 거! 난 기술을 배우러 가는 거야. 다리 놓는 기술 말이야. 그게 내 선택이야. 다리…… 아주 맘에 들어."

록 페스티벌과 기타와 앰프 소리에만 빠져 있던 형이 다리를 놓는다. 어떻게 이런 미친 생각을 하게 된 걸까? 형은 머리가 이상해진 거야! 약간 멍한 채로 나는 그의 인생에서 소중한 것들을 떠올려 보았다.

"무슨 얼어 죽을 놈의 다리야! 형은 한 번도 다리에는 관심이 없었잖아."

"그래서 뭐? 이젠 관심이 있단 말이야. 그럼 된 거 아냐! 지금까지는 누구도 나한테 다리 얘기를 해 준 적이 없어. 하지만 거긴 달라. 너도 한번 생각해 봐. 세찬 거품을 일으키며 흐르는 강물 위에 길을 놓아서 사람과 사람 사이를 이어 준다는 것."

나는 형을 슬그머니 바라보았다. '사람과 사람 사이를 이어

준다'는 말은 제레미와 전혀 어울리지 않았다. '거품을 일으키며 흐르는 강물'은 말할 것도 없고! 나는 형이 이런 단어들을 생전 처음 써 보는 것이라는 데 내기를 걸 마음도 있었다.

"하지만 형이 군인이 되면 전투도 해야 하잖아, 아니야?"

형은 고개를 저었다.

"난 아니야, 아니라고. 중위는 그 점을 분명히 했어. 육군에는 전투병과 공병이 있어. 나는 후자에 속하게 된다고. 그러니까 일단 전쟁이 끝난 다음 도로를 닦고 다리를 놓는 병사들 말야."

형이 시동을 걸자 토네이도는 마치 부서질 듯이 흔들렸다. 제레미는 집까지 이어진 군데군데 움푹 팬 도로로 들어섰다. 형은 한 번에 너무 많은 것을 생각하느라 불안해진 사람처럼 차를 몰았다. 너무 많아서 콜라를 깜박했을 정도로.

"별거 아냐!"

형은 웃으면서 나를 힐끗 쳐다보았다.

"근데, 시간이 별로 없어. 2주 후에 떠나거든."

"2주라고?"

"응!"

형은 주머니 밖으로 비쭉 나온 녹색 종이를 두드렸다.

"그리고 또, 다음 주부터는 신체검사를 받아야 해."

마치 링 위에서 그로기 상태로 얼굴에 무차별 가격을 당하는 기분이었다. 문득 제레미가 없는 생활을 상상해 보았다.

16년 동안 우린 거의 떨어져 지내 본 적이 없었다. 내가 태어났을 때부터! 16년 동안 거의 매일 얼굴을 맞대고, 다투고, 장난쳤다. 또 진심으로 믿지는 않았지만, 로커로서 우리의 앞날에 대해 많은 얘기를 나누었다. 형편없는 텔레비전 프로그램을 보면서 감자칩을 먹는 것처럼 한심한 짓을 숱하게 해 왔다. 16년 동안. 그런데 이 모든 것이 2주 후에는 끝날 거라고 한다. 눈물이 차오르는 것을 느꼈다. 제레미는 모범생이라도 된 듯이 도로의 움푹 팬 부분을 열심히 비켜가고 있었다.

"왜 이렇게 늦었어?"
집에 들어서는 우리를 보고 엄마가 말했다.
제레미는 몸을 좌우로 흔들면서 녹색 종이를 만지작거렸다.
"엄마, 좋은 소식이 있어요. 일자리를 찾았어요. 그러니까…… 진짜 일자리요."
평소와 달리 형의 목소리는 긴장한 듯했다. 엄마는 형에게 고개를 돌렸다.
"어떤 일인데?"
"방금 군대에 지원하고 왔어요. 4년."
엄마는 눈이 휘둥그레지면서 손을 입으로 가져갔다.
"뭐야, 제레미! 농담하는 거지? 근데 너 혹시……."
말은 이어지지 않았다. 엄마는 몸짓으로 텔레비전의 잿빛 화면을 가리켰다.

22

사람들은 매일 뉴스 해설자들이 말하는 소위 우리의 '보이스'(boys)가 참전한, 지구 반대편에서 벌어지고 있는 전쟁의 장면들을 볼 수 있었다. 대통령은 천 번에 가까운 연설을 통해 자신이 우리 병사들을 그곳에 파병한 것은 어쩔 수 없는 조치였다고 설명했다. 내가 파병 조치를 한 것은 자유를 위해서입니다. 우리 모두의 자유를 위해. 그리고 우리가 가서 싸우는 그 나라 사람들의 자유를 위해. 우리와 같은 나라의 제일의 의무는 폭력에 반대하고 평화를 위해 투쟁하는 것입니다. 그리고 나는, 미래를 위한 이 투쟁에 여러분 모두가 단호한 지지를 보내 주시리라 믿습니다.

공식 발표에 따르면, 거기에서 이미 2천 명 이상의 '보이스'가 사망했지만, 소문으로는 군대가 수치를 조작했으며 실제 사망자 수는 그 두 배가 넘는다는 것이었다. 어느 것이 진실인지 알지 못한 채 선량한 시민들은 2천이란 숫자를 받아들였다. 그것도 이미 많은 것이지만.

제레미는 엄마의 손을 감쌌다.

"엄만 도대체 무슨 생각을 하는 거예요? 나는 싸우러 가는 게 아니라고요. 중위는 그 점을 아주 분명히 했어요. 난 다리 놓는 기술을 배울 거예요. 오직 다리만요. 사람 죽이는 것과는 상관없어요!"

★★★
4

내가 기억하는 한, 아빠는 늘 자동차 수리에 몰두해 있었다. 차종을 가리지 않았지만, 아빠가 특히 선호한 차는 흑백영화에나 나왔을 법한 60년대 스튜드베이커 크루저였다. 아빠는 틈만 나면 사람들에게 자신이 새 차를 살 돈이 없다고 말했다. 그건 그 지역 사람들 90퍼센트 이상이 마찬가지였다. 하지만 그들과 아빠의 분명한 차이는 사람들 대부분은 차를 바꾸기만을 바랐지만 아빠는 고물차에 푹 빠져서 그것과 헤어지느니 차라리 죽음을 택했을 거라는 점이다.

그건 아빠의 피난처였다.

일이 잘 풀리지 않거나, 엄마와 사소한 다툼이 있거나, 또는 제레미가 한낮에 잠에서 깨어난 뒤에도 계속 로커로서의 꿈을 펼치고 있으면 아빠는 서둘러 자신의 스튜드베이커로 피신했다. 그리고 그 차가 최고로 훌륭한 상태가 될 때까지 몇 시간이고 조이고 닦아 마치 시곗바늘처럼 돌아가게 했다.

아빠가 어쨌든 기계의 달인이었다는 것은 인정해야 한다. 아빠는 손에 잡히는 것은 무엇이든 고칠 수 있었고 노아의 방주 이전에 만들어졌을 법한 아주 오래된 기계도 멀쩡하게 되살려 놓곤 했다. 점차 소문이 퍼져 나가 결국 아빠는 이 지역 모든 고물 자동차들의 단골 수리자가 되었다. 아빠가 수리비 청구하는 것을 까먹을수록 고객 수는 점점 늘어 갔다. "내 연금이면 돼."라고 아빠는 딱 잘라서 말했다. 비록 엄마는 흔쾌히 동의하지 않았지만. 아빠의 연금, 그것은 매월 초 수표로 도착했는데, 내가 태어나기도 전에 아빠의 다리를 으깨 버린 사고의 대가였다. 아빠가 별로 떠올리고 싶어 하지 않는 어처구니없는 사건이었다.

당시 아빠는 자동차 정비업소의 수습공이었다. 아빠는 차를 들어 올리는 리프트 밑에서 일하고 있었는데 리프트가 갑자기 내려앉아 버렸다. 아빠는 반사적으로 몸을 피했으나 무사히 빠져나오기에는 시간이 부족했다. 왼쪽 다리가 수리하던 차 아래 깔렸고 그 무게 탓에 으깨졌던 것이다. 동료들이 아빠를 가까스로 끌어냈을 때 아빠의 다리는 더 이상 다리라고 할 수 없었다. 외과 의사들은 대충이라도 짜 맞추기 위해 최선을 다했지만, 이후 아빠는 마치 오리처럼 한 번은 왼쪽, 한 번은 오른쪽으로 뒤뚱뒤뚱 몸을 흔들면서 걷게 되었다.

"그래도 네 엄마는 이 아빠를 사랑했단다, 오스카. 더구나 내가 열 살이나 더 많았는데도 말이야!"

엄마 같은 미인이 어떻게 아빠처럼 투박하고, 다리를 절며 기름때로 얼룩진 사람과 결혼할 결심을 하게 되었는지 사람들이 궁금해하는 것은 당연했다. "사랑의 불가사의야."라며 할머니, 그러니까 아빠의 어머니는 안도의 한숨을 내쉬곤 했다.

일생을 감상적인 소설들에 파묻혀 보낸 탓에 할머니는 마음의 고통에 대해 자타가 공인하는 전문가가 되었으며 사랑의 환희와 고뇌에 대해 몇 시간이고 얘기할 수 있었는데 그때 할머니의 목소리는 열다섯 살 때 감정의 떨림을 머금고 있었다.

5

일을 마치고 돌아온 아빠는 엄마와 제레미와 나를 번갈아 쳐다보면서 웃음을 터뜨렸다.

"아니, 세 사람 다 표정들이 왜 그래?"

아빠는 수도꼭지를 틀고 액체 흑비누로 손을 씻었다.

"저, 일자리를 찾았어요."

제레미가 입가에 가벼운 미소를 띠고 말했다.

아빠는 기름방울이 뚝뚝 떨어지는 손을 씻다 말고 제레미에게로 고개를 돌렸다.

"진짜 일자리 말하는 거냐? 타타 니니제의 강아지들 똥 누이는 것 같은 게 아니고?"

제레미는 고개를 설레설레 흔들었다.

"네, 진짜요."

형은 아빠에게 녹색 종이를 내밀었다.

"군대에 지원했어요. 거기서 다리 놓는 기술을 배울 거예요."

아빠는 표정이 굳어졌고 안색이 침대보처럼 창백해졌다. 잠시 동안 목구멍에서 치밀어 오르는 말들로 숨이 막히는 것 같았다. 그러더니 결국 제레미에게 눈길 한 번 주지 않은 채 그를 밀치고 자신의 작업장으로 들어가 버리고 말았다.

"젠장!"

제레미가 소리쳤다.

"또 뭐가 문제란 말이야? 내가 놀고 있을 때는 뭐라고 하더니, 이제 기껏 찾았는데 또 뭐라는 거야! 엄만 이해가 돼요?"

형은 엄마를 증인으로 삼겠다는 듯 바라보았다.

"제레미, 넌 이해하지 못할 거야. 넌 못 할……."

"뭘 이해 못 한다는 거예요? 내가 진짜 일을 배우겠다는데, 무슨 미친 짓이냐는 식으로 짜증 내는 거, 그거요?"

"넌 이해 못 할 거다."

엄마는 되풀이했다.

엄마는 냉장고를 뒤져 맥주 한 병과 샌드위치를 꺼냈다.

"자, 오스카, 이거 아빠 갖다 드려."

엄마는 자기 남편의 성격을 잘 알고 있었다. 그는 아무리 배가 고파도 화가 가라앉기 전에는 자동차 밑에서 나오지 않을 사람이었다.

28

아빠는 스튜드베이커 아래에 누워 있었다. 햇볕이 종일 내리쬔 까닭에 작업장은 찜통처럼 후끈거렸지만 아랑곳하지 않았다. 아빠는 엔진을 손보고 있었는데 겨우 바짓가랑이만 차량의 범퍼 밖으로 나와 있었다. 마치 기계 장치들이 그를 조금씩 파먹고 있는 것처럼. 아빠는 혼자 중얼거리고 있었고 나는 걸음을 내디딜 엄두가 나지 않아 맥주와 샌드위치를 든 채 꼼짝 않고 서 있었다.

"아, 이런 멍청한 자식! 하필 내 아들이! 저놈은 이 멍청한 짓이 어떤 결과를 가져올지 알 리가 없지. 개한테 말했어야 하나? 그럴지도 몰라. 하지만 지나간 추잡한 일들을 파헤친들 무슨 소용이 있을까? 그러고 싶은 마음은 없어. 그 일을 돌이켜 보고 싶던 적은 한 번도 없었어. 다시 입에 올리고 싶던 적도 없었어. 아무에게도. 생각만 해도 구역질이 날 것 같아. 진저리가 나. 너무 힘들었어. 추잡한 일을 너무 많이 보고 말았어."

아빠는 손을 더듬어 스패너를 더 작은 것으로 바꾸었다.

"근데 이제 내 아들이 입대를 한다고! 이럴 바엔 과거가 무슨 소용인지!"

아빠는 되뇌었다.

"과거가 무슨 소용인지……."

나는 샌드위치와 맥주를 투박한 작업대 위에 내려놓고 조심조심 뒤로 물러섰다.

밖에는 바람 한 점 없었고 메뚜기들은 귀가 따가울 정도로 소란스럽게 울어 댔다. 방금 엿들은 말을 이해해 보려고 했다. 물론 제레미에 관한 것이지만 나머지 얘기는? 아빠가 '진저리'가 났고 너무 많은 추잡한 일을 봤다는데 그게 대체 뭘 말하는 걸까? 어디였을까? 또 언제였을까? 나는 한 번도 그런 이야기를 들어 본 적이 없었다.

여름철에 종종 그렇듯이, 천둥소리가 나지 않는 거대한 번개가 하늘을 갈랐다. 오래전의 일이 갑자기 기억 속에 되살아났다. 마치 연못의 물을 뚫고 나오는 가스 거품처럼.

여섯이나 일곱 살, 아니 여덟 살 때였나, 어쨌든 상관없다. 그날 나는 집에 혼자 있었다. 엄마와 제레미는 어디론가 외출했고 아빠는 자동차를 고치고 있었다. 내 방에서 잠시 놀다가 나는 아빠한테 가 보기로 했다. 아빠는 작업장 한가운데 있었다. 주변에는 낡은 차들이 버팀목 위에 있었으며 장비들은 기름이 잔뜩 묻어 있었지만 아빠는 일하고 있지 않았다. 아빠는 무언가를 뒤적거리고 있었다. 책이나 잡지였던 것 같다. 나는 아빠가 눈치채지 못하도록 살금살금 다가갔다. 개구쟁이들이 깜짝 놀래키는 장난을 치려는 것처럼. 아빠가 보고 있었던 것은 사진 앨범, 아니 그보다는 낡은 공책에 사진들을 붙여 놓은 것이었다. 아빠는 나를 보자 그것을 후다닥 덮었는데 그때 검은 테두리를 두른 종이들이 빠져나와 작업장 바닥에 흩어졌다. 나는 종이들을 끌어 모으려고 했지만······.

30

"손대지 마, 오스카!"

아빠가 소리쳤다.

그러고는 불편한 다리를 무릅쓰고 직접 줍기 위해 몸을 구부렸다.

다시 마른번개가 하늘을 갈랐다. 나는 벽에 기대어 메뚜기 소리를 들으면서 그때의 일을 떠올려 보려고 애썼다. 하지만 아무것도 떠오르지 않았다. 그날 작업장 안에 흩날리던 종이 들이 이상하게 무슨 통지서, 사망 통지서 같았다는 것 말고는. 삼사십 장쯤 되었을까……

6

제레미가 입대 지원서에 서명한 후 2주일!

그 시간은 우리가 느낄 새도 없이 흘러가 버렸다. 형이 떠날 거라는 생각을 하게 되었을 때 형은 이미 배낭을 둘러매고 작업장 문턱에 서서 아빠에게 작별 인사를 하려던 참이었다. 들릴락 말락 컨트리 음악이 기름때가 낀 검은 트랜지스터 라디오에서 가느다랗게 흘러나오고 있었고, 눈에 보이는 것은 아빠의 다리가 전부였다. 몸의 나머지 부분은 고물이 다 된 낡은 포드 차량 밑으로 들어가 있었다. 제레미는 소집통지서를 들고 다가갔다.

"아빠, 차 시간 때문에 저 지금 가야 해요."

아빠에게서 아무런 반응이 없다.

"아빠!"

제레미의 목소리는 떨리고 있었지만, 아빠는 마치 세상에 홀로 있는 양 차 속을 계속 헤집고 있었다. 그는 귀머거리처럼 연기할 수 있는 확실한 기술이 있었다.

"아빠!"

제레미가 울먹였다.

제레미는 길 잃은 어린 강아지 같았다.

하지만 아빠는 마치 미친 사람처럼 무언가에 망치질을 하기 시작했고 제레미는 다시 아빠를 불렀다. 망치질은 형이 자동차 바퀴 사이로 들어가 아빠 곁에 갔을 때 비로소 멈췄다.

두 사람이 잠시 얘기를 나눈 다음 제레미가 나왔다. 얼굴에는 기름이 묻어 있었고 눈은 약간 충혈되었다. 아빠는 다시 망치질을 시작했고 우리가 작업장에서 멀어졌을 때 포드 차의 철판이 울리는 소리가 작업장을 가득 메웠다. 아빠는 마치 끝장을 보겠다고 결심한 것 같았다.

엄마와 나는 제레미를 배웅했다. 매달 군용 차량이 포트 캐롤라이나를 왕복했는데 우리 나라의 반대편 끝에 있는 그 군사기지는 신병들이 '기초 군사훈련'을 받는 곳이었다.

'중위님'과 만난 것은 제레미만이 아니었다. 형의 고교 동창인 제프와 레옹도 있었다. 그리고 또 다른 사람들까지 포함해 모두 십여 명 정도가 큰 배낭을 발아래 내려놓은 채 굳은 표정으로 출발 시각을 기다리고 있었다.

내 시선이 제프의 여동생 마르카와 마주쳤다. 그 애가 내게 보낸 가벼운 미소에 내 심장의 박동 수가 갑자기 치솟았다. 제레미가 떠난다는 생각에 여러 날 동안 나를 짓눌렀던 모든 근심의 짐이 한 번에 덜어진 느낌이었다.

레옹은 습관처럼 어깨를 으쓱이며 우리에게 다가왔다.

"어이, 제렘, 넌 무슨 병과야?"

"다리, 다리 건설."

"세상에! 어이, 제프! 너 들었어? 제렘도 같은 거래! 우리 같이 있게 되겠네, 셋 다 말이야! 이거 대박인데! 이제 다리들은 걱정 없겠다. 난 우리가 엄청난 걸 세울 것 같아! 우리가 세울 다리에 비하면 브루클린 다리(맨해튼과 브루클린을 연결하는 다리로 1883년 건설 당시 세계 최장으로 기록됨 : 옮긴이)는 새 발의 피겠지!"

순간 미심쩍은 것 하나, 군대가 과연 그 많은 다리 기술자를 필요로 할까.

허풍을 치던 레옹은 형의 더부룩한 머리를 두 손으로 움켜잡았다.

"어이, 신병 나으리. 이거 모두 밀어야 할 것 같은데!"

제레미는 약간 과장된 웃음을 터뜨렸다. 형의 머리, 그것은 가죽점퍼만큼이나 형의 존재의 큰 부분이었다. 형은 지난 2주 내내 머리를 미리 깎는 게 나을지 아니면 포트 캐롤라이나의 군대 미용사에게 맡겨야 할지 고민해 왔다.

차량이 도착했다. 엄마는 마치 영영 헤어지는 것처럼 제레미를 끌어안았다.

"몸조심해야 해, 알았지?"

엄마는 속삭였다.

장담하지만, 그때 제프와 레옹의 엄마도 똑같은 말을 했을 것이다.

"나한테 무슨 일이 일어난다는 거예요?"

제레미가 허세를 부렸다.

"잠시 행군하고 그다음엔 다리 놓는 기술을 배울 텐데. 그것 말고 뭐가 있겠어요."

형은 나한테로 몸을 돌렸다.

"잘 있어, 동생!"

우리는 껴안았다. 형과 포옹해 본 게 언제인지 까마득했다. 내 뺨에 형의 뺨이 맞닿는데 마치 무언가가 찢겨 나가는 기분이었다. 그때까지 우리가 함께 겪어 왔던 모든 것들이 그 순간, 그 차량 앞에서 멈춘다는 신호였다. 마르카의 미소도 약효가 다했고 지난 며칠간의 고통의 응어리가 가슴속 어딘가에 다시 둥지를 틀었다.

"연주는?"

내가 물었다. 약간 목이 메었다.

"이제 우리 음악은 어떡해?"

제레미가 내 머리카락을 헝클었다.

"걱정 마! 휴가 나와서 할 거야. 작곡은 거기서도 계속할 거

고. 지금 아이디어가 넘치거든. 그리고 너 있잖아, 내가 첫 월
급 타면 근사한 앰프 하나 사 줄게. 전문가용으로 말이야. 보
면 알겠지만 그건 몇 킬로 밖에서도 소리가 들려."

전투복 차림의 병사가 호명하기 시작했다.

"레옹 디나르도."

"예!"

"제레미 오닐."

"예."

제레미가 큰 소리로 대답했다. 형은 배낭을 움켜쥐고 뒤도
돌아보지 않은 채 차량으로 향했다.

"제렘, 잠깐만!"

갑자기 형에게 할 말이 무더기로 떠올랐는데 형은 내가 부
르는 소리를 듣지 못했다. 아니면 못 들은 척했거나.

우린 마치 수족관의 물고기들처럼 차창을 사이에 두고 잠
시 서로 바라보았다. 마지막 작별 인사, 그리고 차량은 출발했
다. 엄마가 내 손을 잡았다. 약간 흐려진 시선으로 우리는 길
위에서 점점 작아져 가는 차량의 모습을 바라보았다. 나는 형
이 증발해서 다시 돌아왔으면 하고 기대했다. 그때 갑자기 제
프의 여동생과 눈이 마주쳤다.

그 애는 다시 미소를 지으려 했지만, 이번엔 쉽지 않아 보
였다.

7

제레미가 보낸 첫 문자 메시지는 3일 후에 도착했다.

난 잘 있어.
빡세긴 하다.
나중에 얘기해 줄게.
부모님께 안부 전하고.

휴대전화에 뜬 제레미의 모습은 훈련복을 입고 머리를 밀어서인지 딴 사람 같았다. 형 뒤로 초록빛 군복의 실루엣들이 흐릿하게 보였다. 엄마는 사진을 보며 빙그레 웃었다.
"걔 어렸을 때 얼굴을 보는 것 같네. 안 그래요?"
엄마는 휴대전화를 아빠에게 내밀었으나 아빠는 눈길조차

주지 않았다.

"걔가 어떻게 생겼는지 사진을 봐야만 알아?"

그 뒤로 형한테서 연락이 끊겼다. 엄마는 매일 우체통을, 나는 문자 메시지를 살폈으나 포트 캐롤라이나로부터는 아무 소식도 없었다. 문자 메시지도, 이메일도, 편지도.

엄마는 2주가 지나고 나서 그곳에 전화하기로 마음먹었다.

"상을 당하셨나요, 부인?"

드루피(미국 TV 애니메이션의 인기 있는 개 캐릭터로 느릿느릿한 말투에 특유의 목소리를 지녔다:옮긴이) 같은 목소리가 물었다.

"아, 아니요. 상은 아니고, 하지만, 연락이 끊긴 지 하도 오래돼서. 그래서 그냥……."

"죄송하지만 부인, 그건 안 되겠군요. 포트 캐롤라이나는 신생아실이 아닙니다."

8

제레미의 첫 편지가 많이 구겨지고 진흙이 묻은 채로 도착한 것으로 보아 여러 날 동안 주머니에 넣고 다녔던 것 같다.

모두 안녕하시겠지요?

여기서는 편지 쓸 시간을 내기가 쉽지 않네요. 종일 훈련이 끊이지 않고, 끝나면 녹초가 돼요! 다섯 시에 기상해서 자정에 잠들면 다행이죠. 밤에는 풀썩 쓰러져서 일 초도 안 돼 곯아떨어져요. 이젠 자갈밭에서도 코 골고 잘 수 있을 거예요.

가장 힘든 건 지구력 훈련이에요. 우린 쉬지 않고 달려요. 매일 수 마일 또 수 마일. 내가 그 정도까지 할 수 있다는 걸 나 자신도 몰랐어요. 일부는 낙오되기도 하지만 나는 악착같이 버티고 있어요. 총 쏘는 것도 배웠어요. M-16 소총, 기관총, 로켓 발사기 등 안 쏴 본 게 없고 꽤 재미있어요! 말은 않지만 사격 교관이 처음 사격 훈련 때부터 나를 눈여겨본 것 같아요. 그의 시선이 계속 나를 주시하고 있다는 걸 느꼈어요. 좀 더 말씀드리자면, 저는 아주 잘하고 있고 종종 표적에 명중시켜요. 그래서 상위 그룹에 속해요. 여기 사람들도 상위 그룹에 속하는 것이 중요하다고 말을 해요. 낙오하거나 사격 훈련 점수가 나쁜 훈련병들은 원하는 병과를 받지 못할 거라는 소문도 돌고 있어요. 우리는 또 맨손에 칼만 가지고 하는 육박전도 배우고 있어요. 정신 나간 짓이죠! 부상당하는 일도 있어서 벌써 두 명이 의무실 신세를 졌어요. 뼈가 부러지고 팔에 상처(칼에 찔려서)를 입었지요. 뭐 그러면서 배우는 거죠. 거기서도 나는 꽤 잘하고 있어요. 얼마 안 있으면 숲 속에서 맨손으로 곰도 때려잡게 될걸요.

• 오스카 보렴 : 이제부터는 문자 메시지를 보낼 수 없게 되었어. 교관은 우리가 애인에게 연애 문자나 보내라고 훈련소에 있는 게 아니라고 하면서 휴대전화를 모두 압수했어. 제프는 양말 속에 숨겼다가 어젯밤에 발각됐어. 걘 이틀간 영창에 갔고, 난 그런 신세가 되고 싶진 않다. 어쩌면 제프는 이것 때문에 병과에서 탈락할지도 몰라.

• 또 오스카에게 : 나는 음악을 생각할 겨를이 없다. 그동안 배웠던 기타 악절들도 다 까먹고 있어. 다음 연습을 위해서라도 손가락 관절 좀 풀어 줘야 할 텐데!

• 엄마 보세요 : 휴가가 언제 있을지 모르겠어요. 말해 주는 사람이 없네요. 하지만 휴가 나가는 날 자두 파이 기대할게요.

• 아빠 보세요 : 아빠에게 쌍둥이 형제가 있다고 생각해 보세요. 1969년에 프랭크 오닐이란 사람이 포트 캐롤라이나를 거쳐 갔는데 엄청난 명사수였대요. 얼마나 대단했는지, 이곳의 부사관들은 그를 본 적이 없으면서도 지금까지도 그 사람 얘기를 할 정도예요. "그 친구는 백 미터 밖에 있는 쌀 한 톨도 명중시켰지."라고 교관은 말하더라고요. 그는 내게 혹시라도 가족 중에 그런 사람 없느냐고 물었어요. 나는 그에게 대답했죠. 내가 아는 유일한 프랭크 오닐은 우리 아버지인데 자동차 분야라면 전 체급을 석권할 수 있지만 그분이 총 들고 있는 모습은 한 번도 본 적이 없다고요.

이만 마칠게요. 내일은 새벽 네 시에 기상해서 완전 군장으로 늪지대 30킬로미터를 행군해야 해요! 즐거운 마음으로 해야죠.

모두 안녕히 계세요.

제레미

아빠가 편지를 식탁 위에 내려놓자, 엄마는 아빠 머리를 쓰다듬었다. 두 분이 좀처럼 우리 앞에서 하지 않는 작은 애정 표현이었다.

"멍청한 녀석!"

아빠가 중얼거렸다.

"눈치 없는 놈 같으니라고."

"눈치가 없다니요?"

"군대 돌아가는 방식을 눈치채지 못했다는 거야. 제레미는 사격과 훈련에서 일등을 하면 원하는 병과를 마음대로 선택할 수 있을 것으로 생각하지만, 오히려 그 반대야."

"반대라고요? 그러기로 약속했다는데요."

"물론 제레미에게 온갖 약속을 다 해 줬겠지. 하지만 생각해 봐라. 넌 정말로 군대에서 일등 사수한테 다리나 놓고 있으라고 할 것 같니? 군대에서 신병에게 백병전 훈련을 시킨 다음 흙손 들고 시멘트나 반죽하러 보낼 것 같아? 군대는 최고 등급을 받은 신병을 선별해서 필요한 곳으로 보내는데, 그건 십중팔구 그 애들이 원했던 병과가 아닐 거다."

아빠는 기름때가 낀 거친 손으로 편지를 구겼다. 아빠의 어조에는 어떤 분노가 서려 있었다. 아빠 말대로라면 제레미가 다리 놓는 병사가 되고자 한다면 오히려 실탄을 최대한 많이 표적에서 빗나가도록 쏴야 하며 장거리 구보에서도 토끼처럼 잘 달리지 말아야 한다는 것이었다. 언뜻 보면 아빠의 논리는 좀 이상한 것 같았지만 아빠는 확고했다. 어쨌든 문제는 제레미가 그걸 모른다는 것이었다.

"멍청한 녀석!"

아빠가 되뇌었다. 나는 아빠를 팔꿈치로 툭 쳤는데, 분위기를 바꿀 때 쓰는 수법이었다.

"그런데 아빠는 자기가 그 대단한 명사수, 프랭크 오닐 씨였다는 사실을 숨기신 거네요?"

42

아빠는 껄껄껄 웃었다.

"너도 알겠지만 우리 나라에 오닐 성을 가진 사람은 셀 수 없이 많아. 우리 도시만 해도 네 명이나 되는데 아일랜드 혈통이란 것 빼놓고는 공통점이 없어."

"그래요, 하지만 이름도 같잖아요."

"오스카, 그건 우연의 일치야. 아빤 복도에 코끼리가 있다고 해도 맞추지 못해. 그저 자동차나 고칠 뿐 다른 재주는 없어. 더구나 절뚝대는 이 다리로……."

엄마는 계속 아빠의 머리카락을 쓰다듬었다. 아빠는 엄마에게 묘한 웃음을 지으며 텔레비전에 눈길 한 번 주지 않은 채 작업장으로 향했다. 화면에는 그 지명을 발음하기조차 어려운 장소에서 촬영된 우리 나라 '보이스'의 모습이 소리 없이 스쳐 가고 있었다. 거기서 군인들은 총을 쥐고 먼지가 이는 길들을 수색하고 있었다. 이어지는 장면에서 그들은 어린아이들에게 둘러싸여 있었는데 아이들은 군인들이 껌과 과자를 던져 주기를 기다리고 있었다. 그곳 주민들은 아무 일 없다는 듯 지나가고 있었다.

엄마는 음량을 높였다.

해설자는 주민들이 민주주의와 자유의 투사들을 열렬히 환영했다고 강조했다.

9

제레미도 음악도 없는 여름은 끝날 줄 모르고 계속됐다.

하지만 나는 고집스럽게 창고에 틀어박혀 혼자 연주했다. 낡은 오디오에 음반을 걸고 베이스 부분을 따라 해 보곤 했다. 그러나 의욕이 나지 않았다. 지구상의 가장 훌륭한 록 그룹도 제레미의 긴 머리와 울부짖는 소리를 대신할 수 없었다. 나는 몇 주 동안 형의 기타에 손대지 않았다. 기타는 우리가 마지막으로 함께 연주하고 형이 놓아둔 바로 그곳에서 하루하루 먼지가 쌓여 가고 있었다. 두 사람으로도 이미 최소인데, 나 혼자서는 록 그룹을 할 자신이 없었다.

엄마는 개학해서 자기 반 애들을 다시 만나게 될 날만 고대하고 있었다. 몇 년 동안 엄마는 같은 애들을 맡았는데 세상 그 무엇보다 그 애들을 소중히 여겼다.

"개들은 말이야, 최소한 속임수는 쓰지 않아. 마음속에 있는 걸 죄다 말하거든."

위로라도 해 주듯 9월이 찾아왔다. 개학을 하자 좋은 소식과 함께 나쁜 소식이 있었다. 좋은 소식은 내가 마르카와 같은 반이 되었다는 것이다. 나쁜 소식은 그녀가 모두에게 똑같이 친절하게 미소를 지었다는 것이다. 마이클에게도 예외가 아니었는데, 자칭 '디카프리오'인 그는 엄청 잘난 체를 했지만 사실은 완전 얼간이다. 이 멍청한 녀석은 마르카가 자기를 사랑한다고 착각하고 있다. 평소라면 엄청 비웃었겠지만, 문제는 그녀가 그걸 부정하지 않았다는 사실이다. 눈물이 날 만큼 슬펐다.

지난여름에 형이나 오빠가 군대 간 사람은 우리 반에만 여섯 명—얼간이 마이클을 포함해서—이었다. 기계공장이 밤낮으로 돌아가던 시절이었다면 군 입대자는 한 명도 없었을 거라고 아빠는 장담했다.

"그땐 일자리가 널려 있었어, 오스카. 허리를 굽혀 쓸어 담기만 하면 되었지."

롤링 스톤스의 명곡들을 열심히 망쳐 놓고 있던 어느 날 오후 마르카가 예고도 없이 불쑥 찾아왔다. 음반의 곡들을 따라 해 보고 있었는데, 너무 열중한 나머지 그 애가 창고 문을 밀고 들어오는 소리도 듣지 못했다. 곡이 끝나고서야 고개를 들었는데 그때 그 애가 조심스럽게 손뼉을 쳤다. 나는 얼굴이 빨개졌고 마르카는 빙그레 웃었다. 걔네 가족은 막 제프의 편지를 받은 참이었다.

"이게 말이 돼? 오빠가 감옥에 갔었대."

마르카는 불안과 놀라움이 섞인 어색한 웃음소리를 냈다.

"알고 있었어. 제렘이 저번에 편지에 썼거든."

"근데 나한테 아무 말도 안 한 거야?"

"네가 걱정할까 봐."

마르카는 주위를 둘러보았다. 뿌연 먼지를 뒤집어쓴 제레미의 기타, 지지직거리는 낡은 앰프, 내 베이스 기타 그리고 벽에 걸린 좋아하는 그룹의 포스터들.

"너 혼자서 연주해?"

"어쩔 수 없잖아. 제레미가 없으니까."

마르카는 기타로 다가가 입김으로 먼지를 불어 냈다.

"쳐 봐도 돼?"

"너 기타 칠 줄 알아?"

"조금."

마르카는 조율을 한 다음 제레미라면 연주하지 못했을 일련의 화음들을 연속으로 짚어 냈다. 그러고는 그녀답지 않은 목소리로 노래를 부르기 시작했다. 거칠고 탁하며 뭔가 베일에 가려진 듯한 블루스 가수의 목소리였다.

마르카는 현란한 아르페지오 주법으로 연주를 끝맺었는데

46

목소리와 함께 날아올랐다가 여운을 남기는 낮은 음으로 갑자기 끝났다.

앰프의 지지직거리는 소리가 창고를 가득 메웠다. 바깥에서는 바람이 양철 지붕에 부딪쳐 소리를 내고 있었다. 마르카는 오로지 나만을 위해 거기에 있었고 오로지 나랑 함께였다. 내 눈과 귀를 믿을 수 없었다. 이 순간이 계속되었으면 하고 바랐다. 두 손 가득 붙잡고 간직하고 싶었다. 어떤 말을 한다 해도 이 순간은 여지없이 망가지고 말 거라는 사실을 모르지 않았다. 그렇지만 나는 더듬더듬 말을 하지 않을 수 없었다.

"이건…… 이건 굉장해. 정말로! 나는 네가, 네가…… 네 목소리가 그렇게, 그러니까 내 말은…….”

내가 하려던 말들은 한데 뒤섞여 흐물흐물한 죽처럼 돼 버렸다. 사실 그 애에게 무슨 말을 해야 할지 전혀 생각이 나지 않았다. 머릿속을 스쳐 간 것은 딱하게도 상투적인 표현들뿐이었다. 내가 귀밑까지 빨개지자 그 애는 웃음을 터뜨렸다. 둔하기로 말하자면 나는 둘째가라면 서러울 것이다. 나는 어색하게 웃어 보였다. 나 자신이 싫었다.

"우리, 혹시 괜찮다면 함께 연주하는 거 어때?”

그 애가 제안했다. 아무렇지도 않다는 듯 태연하게.

가슴이 터질 듯했다. 내 귀를 의심하면서 잠시 숨을 쉴 수가 없었다. 마르카는 제레미의 기타를 가볍게 퉁기며 웃고 있었다.

★★★
10

10월

학교가 끝나고 막 집에 돌아오는데 자갈길에서 발걸음 소리가 들렸다. 고개를 돌렸다. 현관문 앞에 서 있는, 삭발한 머리에 말끔한 제복을 차려입은 이 건장한 청년이 바로 3개월 전만 해도 나와 함께 목이 쉬어라 픽시스의 후렴구를 외쳐 대던 형이었다는 사실을 확신하는 데 꽤 시간이 걸렸다.

"제레미!"

나는 형에게 달려갔고 엄마는 같은 말만 반복했다.

"전화 주지 그랬어, 제레미. 미리 알려 주지 않고! 전화했어야지."

"놀라게 해 드리고 싶었어요."

아빠는 종일 까다로운 밸브 작업에 매달렸다가 작업장에서 돌아왔다.

아빠는 제레미를 보고, 이어서 그의 일병 계급장, 그리고 제복 위에 꽂힌 작은 배지를 바라보았다. 아빠는 자세히 보기 위해 형에게 다가갔다. 그것은 소총 배지였다. 작은 소총, 마치 보석처럼 금장된 섬세한 소총.

"일등 사수 배지예요!"

제레미가 자랑스레 말했다.

"너, 표적을 전부 명중시킨 거냐?"

제레미는 웃었다.

"예, 그렇습니다!"

그는 차렷 자세를 취하려다 가까스로 참으면서 외쳤다.

아빠가 주먹으로 식탁을 내리쳤다.

"예, 그렇습니다? 이게 도대체 무슨 바보짓이냐? 말투가 그게 뭐냐? 그냥 예라고 말할 수 없냐?"

"프랭크."

엄마가 아빠를 말렸다.

제레미가 비웃음을 내비쳤다.

"환영치곤 참 마음에 드네요! 9주 동안 보지 못했는데, 말 한마디 이상하게 했다고 어린애처럼 욕을 먹는군요. 제가 방해된다면 말씀하세요. 당장에라도 다시 거기로 갈 테니까요. 교관들과 종일 훈련하니까 군대가 제2의 가족이에요. 이제 저도 그걸 알 것 같아요."

"미안하다."

아빠가 중얼거렸다.

"미안해, 아빠는 단지……."

"단지 뭐요?"

"아니다, 아무것도."

그리고 아빠는 제레미를 껴안았다.

"내가 한 말은 잊어버려라. 집에 며칠은 있을 거지, 그렇지?"

"예, 그렇습니다."

제레미는 자기도 모르는 사이에 또 그렇게 대답했다.

"열흘쯤이요. 다다음 주 월요일에 떠나요."

"어디로 가는데?"

"전 포트 캐롤라이나에 머물게 돼요."

"그럼 네 병과는? 다리 놓는 병과나 다른 것도 있잖아. 그것
도 거기서 하게 되는 거냐?"

"제 병과는……."

제레미는 마치 거울처럼 광을 낸 구두 끝을 응시했다. 그날
까지 나는 형이 낡고 헤진 농구화나 로커 부츠 외에 다른 것
을 신고 있는 모습을 본 적이 없었다.

"다리 건설에는 지원자가 너무 많았던 것 같아요."

"그래서?"

"그래서 우수자들을 골라 다른 병과로 보내기로 했대요. 저

같은 경우인데, 그러니까……."

"내가 맞춰 볼게."

아빠가 형의 말을 끊었다.

"넌 특전대로 배치된 거지, 맞지?"

"예, 그렇습니다. 거기선 누구나 특전대가 최정예 부대라고 말해요. 우리 기수 중 절반은 특전대 들어가는 게 꿈이에요. 하지만 꿈꾼다고 되는 게 아니죠. 선발 테스트를 통과한 사람은 열다섯 명도 채 안 돼요."

아빠는 창백해진 손가락 마디들을 소파 팔걸이에 짓이겼다. 아빠의 시선이 제레미에게서 떠나지 않았다.

"거기서 뭘 배우게 될지 짐작은 하는 거냐?"

"예, 조금요. 부대에선 제가 사격 전문 병과로 가기를 바라고 있어요. 우리 소대장이 보고서를 올렸대요."

"사격."

아빠는 되뇌었다.

"네. 그거 골 때리죠!"

제레미는 흥분했다.

"소총을 잡은 순간부터 사격하는 법을 알겠더라고요. 거총, 안전장치 풀고, 조준, 격발. 어떻게 해야 하는지 바로 이해했어요. 설명을 듣지 않고도 거의 본능적으로요. 첫 번째 사격에서 대부분의 동기생이 총알을 과녁에 맞히지 못했지만 저는 탄창의 실탄 전부를 명중했어요. 교관이 깜짝 놀라 여러 번 말했어요. 저처럼 쏘는 신병은 본 적이 없다고요. 저를 특전대 쪽으로 가도록 한 것도 그 교관이었고요. 저는 정밀 사격도 할 거예요. 하지만 제가 정말 바라는 건, 어렵지만, 일등 사수증을 따는 거예요. 저는 낙하 훈련도 받을 거예요. 특전대 요원에게는 그게 필수예요. 그다음에는…….”

“그다음에는.”

아빠가 제레미의 말을 끊었다.

“넌 지뢰를 설치하고, 화약을 다루고, 방심한 적군의 미간을 노리고 정면에서 덮치는 법과 저항하는 포로를 심문하는 기술도 배우겠지. 너는 사람들이 네가 다가오는 것만 봐도 바지에 오줌을 쌀 정도로 겁을 주는 기술도 배우게 될 거고.”

기계공 아빠의 거친 손은 계속 팔걸이를 짓누르고 있었다. 아빠의 목소리가 잦아들면서 제레미의 목소리도 가늘어졌다.

“하지만 아빠.”

“하지만 뭐? 네가 지원서에 서명했을 때 그건 기술을 배우기 위한 거라고 나한테 분명히 말했어. 아니야? 그런데 제레미, 네 직업이 뭐가 될 것 같니? 제대하면 넌 뭘 할 건데? 청부 살인자? 용병? 그래, 이게 네가 바라던 거냐?”

아빠는 텔레비전을 켰다. 뉴스 전문 채널이었다. 광고가 막 끝나려는 참이었다. 날씬한 여자가 푸른 산호초의 물속으로 다이빙한 다음 물방울이 흘러내리는 샴푸 통을 들고 다시 물 위로 나왔다. 그리고 갑자기 그 이미지에 오버랩 되어 연기가

나는 폐허, 검게 그을린 자동차, 비틀거리는 부상자들, 피투성
이가 된 얼굴 그리고 들것 주위를 바삐 움직이는 사람들의 모
습이 비쳤다. 구급차 경광등의 오렌지색 불빛이 어둠 속에서
반짝이며 그림자들을 비추었다. 카메라맨은 모포 밖으로 삐져
나온 죽은 사람의 피투성이 손을 줌으로 잡아 냈다.

"그거 꺼요, 프랭크."

엄마가 숨을 몰아쉬었다.

"아니야. 제레미는 자기가 어떤 상황에 처하게 될지 알아야
해."

엄마가 대신 리모컨을 눌렀다. 아빠는 말없이 다리를 절며
문을 쾅 닫고 나갔다. 제레미는 멋진 제복 속에서 돌처럼 굳
어졌다.

환영 분위기로 본다면, 제레미 말이 맞았다. 솔직히 비참했
다. 나는 눈물을 글썽인 채 창고로 숨어들었다. 앰프를 켜고
〈천국으로 간 원숭이〉의 베이스 부분을 연주하기 시작했다.
제레미가 좋아하던 픽시스의 곡이었다. 훈련 기간 동안 그의
신경세포가 다 타 버리지는 않았다 할지라도 앞으로 그렇게
되리라는 건 마치 꿀통이 곰을 끌어당기는 것처럼 분명했다.

형은 조금 있다 옷을 갈아입고 내게로 왔다. 청바지, 농구화
그리고 낡은 가죽점퍼를 어깨에 걸친 채. 삭발한 그의 머리가
어색했지만, 그는 다시 '나의' 제레미였다. 형이 기타 선을 앰
프에 연결하고 조율을 마치자 우리는 연주를 하기 시작했다.

......

한 친구가 있었네

바다를 호령하는 수중 친구였다네

......

우리는 목이 터져라 소리 지르며 후렴구를 반복했다. 마치 제레미가 늘 거기에 있었던 것처럼. 마치 바로 전날 연주했던 곡을 되풀이하는 것처럼.

마지막 음이 끝났다.

"괜찮은데! 형, 별로 녹슬지 않았네."

"네가 평소보다 느리게 해서 그래."

나는 형에게 마르카 얘기를 하고 싶어 죽을 지경이었다.

"그런데 말이야. 형이 없는 동안 같이 연주할 사람이 생겼어. 형도 알지? 마르카. 걔 진짜 잘해."

나는 마르카의 기타 실력이 형보다 천 배는 더 낫다는 말을 차마 할 수 없었다. 그 애의 목소리, 그 미소, 내가 그 애에게 푹 빠져 있다는 사실도 말할 수 없었다.

"제프 여동생?"

"응."

나는 고개를 끄덕이며 대수롭지 않다는 듯 기타를 가볍게 퉁겼다.

"제프는 다리 기술자가 될 거야. 걘 자기 병과를 받았어."

"형은 후회해?"

"아직 잘 모르겠어. 하지만 후회는 안 해. 난 사격이 좋거든. 있잖아, 그게 진짜 신기해. 처음에는 표적이 전혀 닿을 수 없는 곳에 있는 것 같아. 너무 멀어서 거기에 도달한다는 생각조차 할 수 없을 만큼. 그런데 눈동자를 가늠자에 갖다 대면 갑자기 표적이 나타나. 거의 손끝에 있는 것처럼 말야. 동작을 멈추고 눈과 손가락에 정신을 집중한 다음 당기는 거지. 피융! 눈 깜짝할 사이에 끝나는 거야. 마치 게임에서처럼. 단지 이건 진짜라는 점이 다르지. 방아쇠를 당길 때마다 굉장한 흥분을 느끼게 돼. 저번에 어떤 글을 읽었는데 인디언 출신의 캐나다 육군 일등 사수들에 관한 이야기였어. 제1차 세계 대전 때였던 것 같은데, 그들이 내기를 했대. 백 보 떨어진 곳에 성냥개비를 일렬로 세워 놓고 총알이 성냥개비를 스쳐서 불을 붙이되 쓰러뜨리면 안 되기로 한 거지. 미친 짓처럼 보이지만 몇 명이 성공했다는 거야."

형은 일련의 화음들을 이어서 연주했는데 마르카가 며칠 전에 연주했던 것의 발끝에도 미치지 못했다. 형은 고개를 들어 나를 보았다.

"근데 아빠는 무슨 영문인지 모르겠어. 대체 왜 그렇게 화를 내시는 거지, 이유도 없이?"

"아빤 두려우신 거야. 형이 '거기'로 가게 될까 봐."

11

"오스카! 오스카! 일어나 봐!"

한밤중에 제레미가 내 팔을 흔들어 깨웠다. 형이 불을 켜자 나는 투덜대며 눈을 깜박였다.

"아, 미처! 대체 왜 그러는데?"

"오스카, 너한테 해 줄 얘기가 있어서 그래."

"지금 몇 시인 줄이나 알아?"

"그게 문제가 아냐! 잘 들어. 프랭크 오닐은 바로 그야."

"그라니, 누구?"

"아빠. 아빠가 바로 그 사람이야."

나는 어리둥절했다.

"한밤중에 자는 사람 깨워 놓고서 한다는 말이, 아빠 이름이 프랭크 오닐이라는 거야? 형 돌았어? 난 아빠 이름을 16년 전부터 알고 있다고."

"포트 캐롤라이나의 명사수와 아빠는 같은 사람이야. 이것 좀 봐."

형이 내 앞으로 공책 하나를 들이댔는데, 나는 그것이 무엇인지 금방 알아차렸다. 그건 몇 년 전, 그러니까 내가 어렸을 때 본, 사망 통지서가 빠져나왔던 그 공책이었다.

"만약 형이 이걸 들고 있는 걸 아빠가 보면, 형은 뼈도 못 추릴걸."

"지금 주무셔. 이것 좀 봐, 어서. 아빤 우릴 철저히 속였어."

형은 공책을 펼쳐 한 페이지 한 페이지 넘기기 시작했다. 빛바랜 사진들뿐이었고 일부는 흑백이었다. 아빠는 매번 사진에 등장했다. 군복 차림이었다.

"이건 포트 캐롤라이나에서 찍은 거야."

제레미가 속삭였다.

"내가 이 건물을 알거든."

손으로 승리의 브이 자를 표시한 젊은 병사들 사이에 담배를 입에 문 전투복 차림의 아빠가 있었다. 가장 놀라운 것은 사진 속 아빠의 두 다리가 멀쩡하다는 점이다. 그때까지 나는 늘 아빠가 어렸을 때, 그러니까 열여섯 혹은 열일곱 살 때 사고를 당했다고 생각했다. 몇 장을 넘기니 아빠가 사격장에서 땅바닥에 엎드려 눈을 가늠자에 대고 있었다. 그 옆 사진에는 한 무리의 군인들이 총을 발아래 내려놓은 채 차렷 자세를 하고 있었다.

제레미는 더 자세히 살펴보기 위해 사진을 불빛에 바짝 갖다 댔다.

"아빠의 소총을 좀 봐."

나는 다른 총들과의 차이를 알 수 없었다. 조준경이 개머리판 위에 붙어 있다는 것 말고는.

"이건 M-40이야."

그는 전문가로서 말했다.

"정밀 무기지. 신병들에게 지급하는 그런 총이 아니야. 정말이지, 오스카, 이건 확실해! 교관이 말한 그 명사수와 아빠는 같은 사람이야. 그 사람이 우리 아빠였어."

나는 반박해 보려고 했다.

"하지만 아빠는 한 번도 그런 얘길 한 적이 없잖아. 단 한 번도. 언젠가 차를 고치고 나오면서 아빠가 자기는 사격에 대해서는 정말 아무것도 아는 게 없다고 말하기도 했단 말이야. 그리고 형, 사진에는 다리가 멀쩡하잖아. 사진 속 군인이 아빠와 엄청 닮긴 했어, 그건 확실해. 하지만 문제는 이 사람은 두 다리가 멀쩡하다는 거야."

"그렇게 말씀하셨을지도 몰라. 그래도 이건 아빠가 틀림없어."

우리는 입을 다문 채 사진을 자세히 들여다보았다. 부정할 수 없는 증거였다. 그건 분명히 젊고 신체가 멀쩡한 아빠였다.

제레미는 다른 페이지도 넘겼다. 대부분 날짜나 장소에 대한 설명 없이 사진만 있었다. 가끔 연필로 글자가 쓰여 있었는데 급히 휘갈겨 써서 거의 알아보기 어려웠다. 그중 하나는 완전무장을 한 병사들이 엄청나게 큰 비행기에 오르는 사진이었다.

'1969년 7월 10일 - 베트남으로 출발.'

그 뒤로 비행기 안에서 찍은 듯한 일련의 사진들이 이어졌다. 사람들이 희미한 조명 아래 앉아 있었다. 삭발한 데다 군복 차림이어서 모두가 다 비슷했다.

배경이 바뀌었다. 잘 가꾼 계단식 논, 반소매 차림의 군인들, 양철 지붕 막사. 베트남이었다. 그리고 아빠였다. 면도도 제대로 안 한 얼굴에, 수척해진 데다, 헬멧은 아무렇게나 쓰고, 군복은 진흙투성이였다.

'1969년 9월 - 임무 완수 복귀.'

그리고 몇 장을 더 넘겼는데, 여전히 아빠였다. 이번엔 정복 차림으로 할머니 곁에 있었다.

'1970년 1월 - 첫 휴가.'

사진 속 배경은 할머니 집이었고 두 사람 다 석상처럼 굳은 자세를 하고 있었다. 창문 너머 크리스마스트리 뒤로 앙상한 나뭇가지들이 보였다. 제레미는 제복에 부착된 작은 배지를 손가락으로 가리켰다.

"특전대 배지야! 특전대라고! 아빤 특전대였어. 제기랄, 말도 안 돼."

제레미의 목소리가 떨렸다. 특전대 배지 옆에 공수 훈련 수료와 일등 사수 휘장도 있었다. 이유 없이 온몸이 떨리기 시작했다. 왜 아빠는 이 모든 걸 우리에게 숨기셨을까?

다음은 베트남으로 원대 복귀한 뒤에 찍은 사진들이었다.

다른 사진들도 거의 비슷했다. 어깨동무를 한 병사들, 사람들과 자전거가 뒤섞여 혼잡한 도시의 거리들. 우연히 찍은 듯한 얼굴들. 장난치고 있는 아이들, 손으로 얼굴을 가린 여자들. 그리고 무척 아름다운 여자가 있었는데 그녀는 사진에 자주 나왔다. 한 사진에서는 그녀가 아빠에게 손을 내밀었고 아빠는 그녀를 바라보고 있었다. 누가 봐도 명백한 연인 사이의 손짓과 시선이었다.

"아빠 애인이었을까?"

"뭐, 그렇겠지? 꽤 멋지네."

나는 베트남 전쟁에 관해 별로—솔직히 말하면 전혀—알지 못했고 이 베트남 여자가 아빠와 어떤 사이였는지 이해할 수 없었다.

제레미는 한 장을 더 넘겼다. 역시 군인들이었다. 로메로, 댄, 여기저기 이름이 적혀 있는데, 우리는 어떤 사진을 보다 그만 소스라칠 뻔했다. 한 사람이 누워 있었는데 눈을 감은 모습이 마치 잠자는 것 같았다. 왼쪽으로 어두운 얼룩들을 볼 수 있었는데 검은색에 가까웠다. 그 사람은 자는 것이 아니라 죽은 것이었다. 사진 아래에는 연필로 '스티브, 1970년 2월 27일'이라고 적혀 있었다.

몇 장 더 넘기니 표창장 하나가 나왔다.

군 사령부는 '특전 요원' 프랭크 오닐이 위급한 상황에서 적군에 맞서 용감하게 싸운 공로를 치하하며 은성무공훈장을 수여하는 바이다. - 1970년 2월 27일.

그날은 아빠 친구가 죽은 날이었다.

"이런 훈장을 받은 사람들은 그걸 마치 우승컵처럼 자랑하는 법이야!"

제레미가 단언했다.

"우리가 이걸 전혀 몰랐다는 게 이상해."

형은 표창장을 제자리에 끼워 놓고 다음 장을 넘겼다.

아빠가 한 사람을 팔로 붙들고 있었다. 베트남 사람인데 두 손이 등 뒤로 묶여 있었다. 누더기 옷에 얼굴은 부어올랐고 피투성이인 데다 머리는 옆으로 기울어져 있었는데 똑바로 들고 있을 힘이 없는 것 같았다. 그가 서 있는 것도 아빠가 그를 지탱하고 있었기 때문이다. 설명하지 않아도 이 사람이 심하게 구타당했다는 걸 알 수 있었다. 누가 때렸는지도 설명이 필요 없었다. 하지만 최악은 아빠의 표정이었다. 아빠는 웃고 있었다. 사냥꾼의 미소, 방금 잡은 사냥감을 자랑스럽게 보여주는 모습으로…….

"빌어먹을."

제레미가 쉰 목소리로 내뱉었다.

나는 한마디도 입 밖에 낼 수 없었다. 숨이 멎는 것 같았다. 발아래로 아찔한 심연이 펼쳐졌다.

다른 사진들은 부서지고 불에 탄 마을들이었다. 곳곳에서 피어오르는 연기에 반쯤 가려진 채, 장갑차가 부서진 건물로 향하고 있었다. 맨 앞에는 군인들이 총을 들고 수색을 하고 있었다.

페이지를 넘겼다.

위에서 내려다본 사진. 아마 헬리콥터에서 찍은 듯했다. 아빠는 벽 뒤에 몸을 숨기고 눈을 소총의 가늠자에 고정한 채 방아쇠를 당기려고 하고 있었다. 찰나의 순간이었다. 연출된 포즈일까, 아니면 실제 사정거리 안에 있는 누구를 겨냥하고 있는 걸까?

그리고 갑자기, 고통으로 일그러진 얼굴이 눈에 띄는 사진 한 장이 보였다. 들것에 실린 아빠. 아빠의 왼쪽 다리 위쪽으

62

로 전투복이 피로 얼룩져 있었다. 현재 완전히 뒤틀린 그 다리이다. 다리는 아빠의 몸에 간신히 붙어 있는 것 같았다.

'쿠앙 트리, 1970년 7월 13일.'

"아빠 다리, 오스카, 여기 봐! 차고에서 일어난 사고, 그거 말짱 구라야. 이제까지 아빠가 우리한테 한 얘기들, 모두 거짓말이라고. 아빠를 믿을 수가 없어."

나는 숨을 몰아쉬며 아빠의 얼굴과 다리를 번갈아 응시했다. 제레미가 나를 충격에서 끄집어내 준 다음에야 마지막 장을 넘길 수 있었다. 네 장의 사진이 남아 있었고 그중 셋은 병원에서 찍은 것이었다.

첫 번째 사진에서 아빠는 바퀴 달린 침상에 누워 있었는데, 고양이처럼 마른 데다 눈동자는 불안했고 다리는 살 속에 박힌 끔찍한 금속 막대기에 묶여 있었다.

두 번째 사진에서 아빠는 휠체어를 타고 있었다. 다리를 죽 뻗어 T자 모양의 지지대에 받치고 있었다. 세 번째 사진도 같은 휠체어지만 이번에는 간호사가 옆에서 손을 잡아 주고 있었다.

마지막 사진은 할머니 집이었다. 아빠 혼자 거실에 있는 사진으로, 일어서서 목발을 짚고 있었다. 그의 왼쪽 발은 바닥에 닿지 못하고 엉덩이에 괴상하게 매달려 있는 것처럼 보였다.

공책의 마지막 장에는 마치 압지처럼 명예 전상자 훈장 — 전선에서 부상 또는 사망한 병사에게 수여되는 훈장—이 끼워져 있었다. 몇 년 전에 기름때 속에서 흩날리던 사망 통지서들과 함께. 거기에는 다음과 같은 이름들이 있었다. 러셀 니콜라이, 케네스 러쉬, 브루스 지바일티러, 개리 해링턴, 파우스토 세스페데스, 스티브 코스터. 아마 사진 속의 스티브를 말하는 듯했다.

그 수가 서른 명이 넘었다.

제레미는 사진을 전부 제자리에 정돈한 다음 공책을 덮었다. 우리는 감히 서로 쳐다보지 못한 채 한동안 멍하니 있었다. 심장이 터질 듯 뛰는 소리가 들렸다. 나는 도로 위를 빠르게 지나가는 차 소리에 소스라치듯 놀랐다.

"근데 형, 이 공책 어디서 찾았어?"

"작업장 선반에서. 낡은 통 뒤에 숨겨져 있더라."

다시 한 번 침묵이 우리를 에워쌌다. 마치 우리를 아빠가 쳐놓은 비밀의 덫에 걸리게 하려는 듯이. 아빠의 진짜 인생은 다른 곳, 그의 작업장 어딘가, 그러니까 기계들과 베트남의 사진들 사이에 있어 왔다는 생각이 들기 시작했다. 집에서 아빠는 단지 하나의 배역을 수행해 왔을 따름이다.

12

제레미는 군복에 몸을 파묻고 현관 문턱에 서 있었다. 막 떠나려는 참이었다. 엄마는 형의 주머니에 초콜릿을, 귀에는 잡다한 당부를 채워 주면서 마지막으로 포옹했다.

"편지 쓸 거지, 응?"

엄마는 백번도 더 말했다. 그러고는 눈길을 형의 어깨 너머로 돌리면서 학교 꼬맹이들을 보러 갔다.

아빠가 아무 일 없다는 듯 뜨거운 커피를 마시는 동안 나는 아빠를 힐끔힐끔 곁눈질했다.

아빠는 어제와 똑같은 사람이었다. 대충 면도한 얼굴에다 크고 투박한 손—'도살자 손'이라고 할머니가 종종 말씀하시던—에 저는 다리까지. 내가 어제 보았던 그 남자와는 공통점이 전혀 없었다. 그런데 내 앞에는 한 낯선 사람이 있었다. 나는 나를 바라보는 아빠의 눈길을 느끼고 소스라치게 놀랐다.

"너 표정이 왜 그래? 마치 날 처음 보는 사람처럼. 어디 아파?"

"아, 아뇨. 전혀요. 그냥, 제레미가 곧 떠나서요."

우리가 아빠의 소지품을 뒤져 그동안 숨겨져 왔던 것을 알아 버렸다고 고백하는 건 생각조차 할 수 없는 일이었다.

아빠는 결코 포옹에 익숙지 않았다. 그는 제레미에게 가벼운 손짓을 한 다음 특유의 오리걸음으로 작업장으로 갔다. 나는 형을 버스 정류장까지 배웅했다.

내 마음속은 이제 혼자서 아빠와 아빠의 비밀에 직면해야 한다는 생각으로 가득 차 있었다.

"근데 형, 난 앞으로 어떻게 해야 해? 아빠 얼굴을 정면으로 쳐다볼 수 없을 것 같아."

"늘 하던 대로 해, 오스카. 더도 덜도 말고. 따지고 보면 변한 것도 없잖아?"

"변한 게 없다고? 형, 지금 일부러 농담하는 거야? 아빠는 이제 같은 사람이 아니야. 중년의 자동차 전문가에서 베트남 참전 군인, 일등 사수, 상이군인, 성탄절 진열장처럼 화려한 훈장을 받고 피투성이가 된 가엾은 사람을 자랑삼아 내보이며 웃을 수 있는 사람이 돼 버렸는데도? 게다가 그 일에 대해 아직까지 한마디도 없었잖아! 왜 그랬는지, 형은 알아?"

제레미는 입을 다물고 있었다. 거리를 느끼게 하는 침묵에

66

형에게 욕을 퍼붓고 싶은 충동이 물밀듯 올라왔다.

"아무 말도 안 하는 게 속 편하겠지. 형은 떠나면 그만이니까. 좋겠어, 제렘."

나는 형의 앞을 막아섰다.

"사진에 나온 그 사람, 베트남 사람 말이야, 아빠가 정말 그를 고문했을까?"

"오스카, 나도 정말 몰라. 우리 그거 잊어버리는 게 좋겠다."

"잊기엔 이미 늦었어! 차라리 그 공책을 찾아내지 못했으면 좋았을 텐데, 제렘. 형이 그걸 원래 있던 자리에 그대로 두어서 아무것도 몰랐으면 좋았지."

마르카와 제프는 이미 정류장에 와서 차를 기다리고 있었다. 제프는 제레미처럼 일병 계급장을 달고 있지 않았다. 아마 영창에 다녀왔기 때문일 것이다. 그는 실탄을 전부 표적에 명중하지 못했지만, 다리 만드는 기술을 배울 것이다. 그는! 적어도 이 점에서는 아빠 말이 맞았다. 레옹 역시 다리 기술자의 꿈을 접어야 했다. 군대는 자동차 운전병도 필요했고 그에게는 선택권이 없었다.

제레미는 마르카에게 다가갔다.

"어이…… 듣자 하니 너는 기타의 여왕에다 천사의 목소리를 가졌다며. 오스카가 네 얘기만 해."

형은 마르카 쪽으로 몸을 구부려 마치 비밀이라도 털어놓

듯 말했다.

"보아하니 쟤가 너한테 푹 빠진 것 같은데."

나는 삶은 가재처럼 얼굴이 빨개졌고 마르카는 웃음을 터뜨렸다. 그 애가 한 발 뒤로 물러서자 나는 제레미의 옆구리에 주먹질을 해 댔다. 형은 고통과 폭소의 중간이라 할 수 있는 동물 울음소리 같은 것을 내질렀다.

"제기랄, 제렘, 자기 일이나 걱정하시지. 응?"

"오스카, 넌 껍데기 속에 웅크리고 있는 달팽이야. 난 널 알아. 내가 다리를 놔 주지 않으면 넌 한마디도 못 한 채 몇 주 동안 기다리다 지쳐 버릴걸. 무지 예쁘다, 이 여자애. 더군다나 걔가 너한테 와서 같이 연주하자고 했다며, 안 그래? 그건 네가 자기 맘에 든다는 거야. 그렇다면 내가 숯불에 입김을 불어넣어 주지. 소심한 친구들에겐 이런 게 필요한 법이지. 자! 앞으로 네가 꼭 지켜야 할 일정표까지 짜 줄게. 내가 떠나면 바로 걔한테 잠깐 산책이나 하자고 해. 손을 잡고 강가로 가서, 일단 다리에 이르면 걔를 안고 키스하는 거야. 장소로 보면 그보다 더 낭만적인 곳은 없을걸. 내가 숱하게 많은 여자애와 해 본 경험담이라고!"

"닥쳐!"

형은 대단히 중요한 공식을 말할 때 수학 선생님이 하는 것처럼 손가락을 들어 올리며 놀려 댔다.

"오스카, 너처럼 하면 안 돼. 이 형의 다년간의 경험을 믿어 봐. 선배들의 충고는 늘 새겨들어야 하는 법이야."

차가 왔다. 제레미는 차에 올라타기 전에 내게 꽤 느끼한 윙크를 했고 마르카와 나는 차가 작아지는 모습을 지켜보며 마지막까지 남아 있었다. '걔한테 잠깐 산책이나 하자고 해. 손을 잡고 강가로 가서, 일단 다리에 이르면 걔를 안고 키스하는 거야. 장소로 보면 그보다 더 낭만적인 곳은 없을걸.' 어휴, 멍청이. 꺼져! 나는 숱하게 많은 여자애를 안아 보고 싶은 마음이 없거든. 단지 마르카만 껴안고 싶을 뿐, 그것도 한 번이 아니라 수천 번.

그 애는 바로 내 곁에 있었고 내 귀는 심해 잠수부의 귀처럼 윙윙거렸다. '손을 잡고 강가로 가서, 일단 다리에 이르면 걔를 안고 키스하는 거야.' 생각만으로도 온몸이 마비되는 듯했다.

마치 나 대신 다른 사람이 말하는 것처럼 내 목소리가 들려왔다.

"제레미가 하는 말에 너무 신경 쓰지 마, 알겠지! 아무 말이나 막 하잖아."

난 내 따귀를 갈기고 싶었다. 나는 머저리 중 머저리였다. 왕 얼간이! 다시 한 번 마르카가 웃음을 터뜨렸다.

"오스카, 난 가 봐야 해! 엄마랑 마트에 가기로 약속했거든. 우리 모레 만나서 함께 연주하는 거지?"

그 애의 손이 내 어깨에 닿았고 그 애의 뺨이 내 뺨에 닿는 걸 느꼈다. 우리는 학교 친구처럼 포옹했다. 얼간이들처럼. 그 애의 입술은 내 입술에서 불과 몇 센티미터 거리에 있었지만 몇 광년이나 떨어져 있는 것 같았다. '일단 다리에 이르면 개를 안고 키스하는 거야.'

그 애가 멀어져 가는 것을 바라보았다. 기분이 바닥이었다. 아빠는 오래전부터 내게 거짓말을 했고, 나는 마르카에게 키스하지 못했으며, 제레미는 방금 떠나 버렸다. 다리 위에서 숱하게 많은 여자애와 키스했다니, 이 나쁜 놈! 그런데 난 단 한 명과도 해 보지 못한 것이다. 한 번도. 그리고 특히 마르카와는!

진짜 문제는 과연 내가 정상인가 하는 것이었다. 내 친구들 같았으면 벌써 제대로 한번 사랑을 해 본다고 다리로 달려갔을 것이다. 나는 여자애와 키스해 보지 못한 유일한 녀석임이 틀림없었다. 나는 아마 너무 못생겼든가 콤플렉스가 너무 심하든가, 뭔가 지나친 면이 있을 것이다. 아니면 뭔가 모자라든가.

더 이상 뭐가 뭔지 알 수 없었다. 유일한 희망이라면 마르카와 만나는 거였다. 이틀만 참으면 그 애와 만나 연주할 수 있다. 우리는 나탈리 머천트의 〈산 안드레아스 폴트〉를 연습하기 시작했는데, 나는 이 여자에 관해 들어 본 적이 없었지만 마르카가 좋아하는 가수였다. 솔직히 마르카가 좋아하는 음악은 내가 즐겨 듣는 음악과는 별다른 공통점이 없었다. 요란한 반복 악절도 없고 찢어지는 목소리도 없으며, 한계에 다다른 음도 없고 폭발하는 드럼 소리도 없는……. 이런 것들이 하나도 없는데 엄청 멋졌다. 그리고 마르카가 노래하면 더더욱 멋졌다. 벌써 "어이, 동생, 지금 자장가 연주하삼?" 하고 말하는 제레미의 빈정거림이 들리는 듯했다. 하지만 형이 뭐래도 상관없다! 누가 뭐래도!

★ ★ ★
13

아빠는 차고에서 고물 덩어리의 보닛 아래 파묻혀 있었다. 그 고물은 레옹의 아버지가 한사코 차라고 부르기를 고집하는 포드 에스코트로서, 아빠가 수백 번을 수리해서 그럭저럭 운행 거리 40만 킬로미터를 향해 가고 있었다. 사실대로 말하면, 레옹 아버지의 꿈은—아빠의 도움을 얻어—백만 킬로미터 운행을 달성하여 기네스북에 오르는 것이었다. 그는 앞으로 하루 3백 킬로미터씩 달려 약 6년 후에 거기에 도달할 계획이었다.

"그날은 말이야, 여보게 프랭크, 영광스러운 날이 될 걸세. 우리 두 사람 이름을 나란히 올리기로 내 약속하지."

그사이에 그는 매일 3백 킬로미터를 운행하면서 쥐꼬리만 한 실업수당의 사 분의 삼을 연료비에 쏟아 붓고 있었다.

아빠는 내가 다가오는 소리를 듣지 못했다. 뒤에서 보니, 그의 왼쪽 종아리는 넓적다리와 이상하게 어긋나 있었다. 잠시 아빠가 일하는 모습을 바라보면서 내 눈앞에 있는 아빠를 고통으로 얼굴이 일그러져 들것 위에 누워 있던 아빠와 겹쳐 보려고 했다. 베트남 사람의 피투성이 얼굴과 아빠의 웃음도 떠올려 보았다.

"오스카, 뭐 필요한 거 있어?"

나는 소스라치게 놀랐다. 자동차에 파묻혀 있으면서도 아빠는 내가 와 있다는 걸 알고 있었다. 직감했던 것이다. 그건 아마 방어 자세를 늦추는 일이 없이 항상 경계 태세를 유지했던 특전 요원 출신이었기 때문일 것이다. 결코 기습당하지 않고 항상 깨어 있어야만 살 수 있는 타입의 인간. 그런 반사 신경은 사라지지 않는 법이다. 조심할 필요가 있었다. 내가 약간 집요하게 바라본다는 것을 아빠가 알아차린 것이 아침부터 벌써 두 번째였다.

"아뇨, 그냥…… 형이 잘 갔다는 말을 하려고요."

아빠가 에스코트 아래에서 고개를 내밀었다.

"걔가 잘 못 갈 이유라도 있어?"

"그냥 아빠가 아시라고……."

그 말을 하고 집 안으로 도망쳤다. 나는 왕멍청이인 것도 모자라 거짓말쟁이였다. 그것도 집안 내력일 것이다. 아빠는 오랫동안 우리한테 거짓말만 해 오지 않았던가? 필시 유전의

내력. 제레미는 아빠의 사격 재능을, 나는 거짓말하는 재주를
물려받았다.

한 사람이 둘 다 가질 수는 없나 보다.

★★★
14

제레미가 떠난 지 4주가 지났다.

형은 아주 뜸하게 소식을 전해 올 뿐이었다. 구겨지고 흙이 묻은 종잇조각에 급하게 휘갈겨 쓴 몇 자 사연을 엄마는 마치 귀중품이라도 되는 듯 처녀 때부터 간직해 온 작은 백단 상자 속에 보관했다.

모두 안녕하시죠?
방금 10회 차 낙하 훈련을 마쳤어요. 기분 끝내주죠!
머지않아 1급 낙하 훈련 수료증을 받을 거예요.
사랑해요.

4주……

나는 그 시간의 대부분을 아빠와 숨바꼭질하는 데 보냈다. 자갈길에서 아빠 발걸음 소리가 나면 피하고 아빠가 작업장에서 돌아올 때가 되면 내 방으로 몸을 숨기는 식이었다. 아빠를 정면으로 바라볼 수 없었다. 힐끗 보기만 해도 아빠는 내가 모든 걸 알고 있다는 사실을 알아차릴 것만 같았다.

하지만 제레미가 옳았다. 습관이 빠른 속도로 제자리를 찾은 것이다. 나는 점점 경계 태세를 늦추었고 결국에는 우리가 늘 해 오던 겉치레 연극에서 내 역할을 되찾기에 이르렀다. 겉으로 달라진 건 없었다. 단지 아빠에게 감춰진 얼굴이 있다는 걸 알았을 뿐. 여태껏 그 누구도 보지 못한 얼굴. 달만큼이나 은밀하고 접근 불가능하며 불가사의한 얼굴. 오랫동안 아빠는 자신이 아닌 모습으로 가장하고 있었던 것이다. 이제 나는 아빠가 보여 주었던 가면 뒤에 다른 얼굴이 숨어 있다는 사실을 모르는 척할 것이다. 우리는 각자 진실을 가볍게 여기면서 작은 거짓들과 타협하고 있었다.

그럼에도 한 가지 의문이 내 머릿속을 비집고 들어왔다. 그렇다면 엄마는? 엄마는 자기 반 꼬맹이들에 관해 걔들은 적어도 속이지는 않는다고 여러 차례 말하지 않았던가? "걔들은 맘속에 있는 것은 무엇이든 말하지."라고. 왜 엄마는 아빠가 본모습을 우리에게 숨기는 것을 오랫동안 보고만 있었을까?

나는 확신은 못하지만 엄마가 우리에게 백 퍼센트 기짓말을 했을 리는 없다고 생각했다.

다행히도 마르카가 있었다. 일주일에 두 번 그 애는 미소를
머금은 채 기타를 메고 창고로 찾아왔다. 우리는 어두워질 때
까지 함께 연주했고 그보다 더 중요한 건 없었다.

★★★
15

11월

대기 속의 떨림이라고 할까, 극도로 자극적인 그 무엇이 있었다.

눈이 오려 했다.

눈 아래서는 옛 공장들의 잔해도 아름답게 변했다. 마치 순백이 홀로 세상의 표면을 바꿔 놓을 수 있는 양. 하지만 엄마는 반 아이들이 요즘 너무 힘들게 한다고 말하곤 했다.

전화벨이 울렸고 우린 본능적으로 제레미일 거라고 짐작했다. 아빠도 뭔가를 만지작거리는 척하면서 가까이 다가왔다. 엄마는 스피커폰을 켰고 약간 변조된 듯한 제레미의 목소리가 아주 멀리서 들려왔다. 배경음으로 윽박지르는 듯한 명령

소리와 뛰어가는 군홧발 소리가 들렸다.

"제레미, 우리 아들. 그래 어떻게 지내?"

"네, 그렇습니다."

"잘 지낸다는 말이구나."

엄마가 통역을 했다.

"고되진 않고?"

형은 피식 웃음을 흘렸다.

"그건, 그런 질문은 하지 않는 편이 나아요. 걱정 마세요."

"조만간에 휴가 나올 수 있는 거야?"

"아니, 그렇지 않습니다. 당분간은 휴가가 없어요. 훈련, 또 훈련이에요."

형은 잠시 침묵하더니 말을 이었다.

"예, 사실 목소리나 들어 보려고 전화한 거예요. 하지만 이제 끊어야 해요. 집합 시간이거든요. 식구들에게 안부 전해 주세요."

그렇습니다, 그렇지 않습니다. 예, 아니요. 훈련 또 훈련. 제레미는 이진법으로만 움직였다. 어휘에 문제가 있다는 점에서 나는 아빠와 의견이 일치했는데 군대는 어휘를 풍요롭게 하는 곳이 아니었다. 이대로 몇 달 더 지나면 형은 오직 모스 부호로만 말하지 않을까!

"우리 모두 널 보고 싶어 하는 거 알지? 우리 아들."

엄마는 여전히 속삭였다.

"자주 볼 수 있으면 좋을 텐데."

"엄마 안녕히 계세요."

제레미가 다시 말했다.

"아빠와 오스카에게도 안부 전해 주세요."

엄마는 전화를 끊으며 애써 웃음 지으려고 했다.

"거기 가더니 어쨌든 수다스럽진 않네!"

"어떻게 그런 말을 해?"

아빠가 버럭 화를 냈다.

"거기선 말하라고 하지 않고 생각하라고는 더더욱 하지 않아. 단지 상황에 따라 즉각적인 반사 행동만 하라고 해. 거기선 병사들을 우리 속의 동물처럼 몇 달 동안 가둬 두지. 그들은 시간을 온통 총 쏘고, 낙하 훈련 하고, 진흙탕 속에서 포복하고, 마네킹의 목을 자르는 데 쓰지. 제레미가 거기서 배우는 건 온통 그런 거야. 이게 계속되면 걔는……."

"누가 들으면 아빠가 거기 전문가라고 하겠어요."

나는 아무것도 모르는 양 시치미를 떼면서 아빠의 말을 끊고 나섰다.

아빠가 나를 뚫어져라 쳐다보았다.

"사람들 누구나 거기가 어떻게 돌아간다는 것쯤은 알아."

아빠는 몸을 일으키며 호통을 쳤다.

나는 얼굴을 유리창에 갖다 댔다. 눈은 큰 덩어리가 되어 내리기 시작했고 풍경은 조금씩 사라져 가고 있었다. 도로와 공장들은 처음부터 아무것도 없었던 양 사라져 버렸고 세상은 하얀 솜털의 누에고치가 되어 우리를 감쌌다. 나는 절뚝거리며 멀어져 가는 아빠의 뒷모습을 바라보았다. 아빠는 풍랑 속의 배처럼 좌우로 흔들렸으며 한 걸음 내디딜 때마다 왼쪽 다리가 옆으로 삐져나왔다. 다리는 마치 나머지 신체와는 상관없이 별도의 삶을 살고자 하는 것 같았다. 아빠는 작업장에 들어가기도 전에 눈보라에 파묻혀 시야에서 사라졌다.

★★★
16

"그만! 그만! 그만!"

마르카가 소리쳤다.

"하나도 안 맞잖아! 엉망이야. 도입부부터 다시 해야겠어."

우리는 곡의 중간에서 멈췄다. 나는 그럭저럭 괜찮다고 생각했는데 마르카는 조금이라도 이상한 부분은 그냥 넘기는 법이 없었다. 음악에 관한 한 완벽주의자로서 나보다 천배는 더 나았고 완벽해질 때까지 한 소절을 몇 시간이고 반복할 수도 있었다. 그 애는 더 말하지 않았지만 나는 내가 잘못 연주했다는 걸 깨달았다.

우리는 다시 시작했고 도입부에 집중하여 수없이 반복했다.

처음에는 사소한 것도 그냥 넘기는 법이 없는 마르카의 태도가 짜증 날 지경이었다. 제레미랑 했던 것과 비교하면 너무 달랐다. 형과 함께할 때는 앞뒤 살피지 않고 돌진했다. 우리는 뛰노는 말들처럼 연주했다. 맞든 틀리든, 템포가 늦든 빠르든, 어쨌든 연주했다. 되도록 크게 연주하면서 높은 볼륨이 우리의 결함들을 가려 줄 것으로 기대했다. 마르카에게는 이런 게 통하지 않았다. 오랫동안 클래식 피아노와 기타 레슨을 받은 그 애는 바흐나 쇼팽을 가까운 친구나 되는 양 스스럼없이 입에 올렸고 아주 사소한 실수나 미세한 차이까지도 식별할 수 있는 청력을 지녔다. 그런데 조금씩 나도 완벽의 매력에 빠져들어갔다.

가끔 마르카는 내 곁으로 다가와 새로운 운지법을 보여 주거나 내가 모르는 코드를 짚어 주기도 했는데, 그럴 때면 그 애가 하는 말은 귀에 들어오지 않고 거의 맞닿은 그 애의 살에서 나는 냄새와 내 볼을 스치는 부드러운 머리카락에 심장만 뛸 뿐이었다.

마르카와 많은 시간을 함께 보냈지만 키스는 고사하고 아직 다리에도 데리고 가지 못했다는 것을 알면 제레미는 배꼽을 잡고 웃을 것이다. 음악이라면 집중하고, 반복하고, 배우면 된다. 어렵지 않다. 하지만 사랑에서는 심각한 수준 미달이었다.

우리는 마침내 중간에 멈추지 않고 곡을 끝낼 수 있었다. 드디어 해낸 것이다!

"그래도, 간발의 차이긴 하지만, 종결부에서 좀 늘어진 것 같아."

마르카가 말했다.

그 애는 자신이 잘못했는지 내가 잘못했는지 밝히지 않았다. 암시했을 뿐.

"그러니까, 그건 다시 하자는 말?"

"내 생각은 그래."

그 애는 큰 소리로 깔깔대며 대답했다.

그래서 우리가 천 번하고도 한 번을 더 반복하는데 그때 엄마가 갑자기 들이닥쳤다. 우리는 그 자리에서 바로 멈추었다.

"아, 엄마! 연주할 때는 들어오지 말라고 했잖아요!"

"오스카, 제레미야! 제레미가 전화했어. 연말에 휴가 나온대."

17

텔레비전 뉴스 앵커는 우울한 표정이었다. 얼굴은 피곤해 보였고 눈꺼풀은 무거웠으며 입술은 처져 있었다.

"경계 태세 강화 조치가 발령되었음에도, 안전지대 북부에서 수차에 걸친 기습 공격이 발생하여 우리 군에서 아홉 명의 사망자가 발생했고 추가로 여섯 명이 사망했습니다. 원인은 차량 이동 중 수제 폭탄 폭발로 추정됩니다. 결국 어제 하루 동안 우리 군 희생자 수가 열다섯 명에 달했습니다. 군 참모부는 안전 조치 강화를 발령했고 저항 세력의 최후 거점에 대한 소탕 작전을 개시했습니다. 대통령은 단호하게……."

불에 그을려 연기를 내뿜고 있는 자동차들, 폐허 속에서 피어오르는 불길, 울부짖는 사람들, 들것, 부상과 고통으로 일그러진 신체들……. 카메라는 피투성이가 된 여자의 얼굴도 비쳤는데 공포에 질려 울부짖는 아이가 그녀의 옷을 붙잡고 있었다. 뒤쪽에서는 무장 군인들이 앰뷸런스가 진입할 수 있도록 군중들을 밀쳐 내고 있었다. 아니면, 혹시 군중의 분노가 폭발하는 것을 막기 위해서였는지, 알 수 없었다. 어떤 사람들은 주먹을 들어 올렸고 어떤 사람들은 군인들에게 욕설을 퍼부었다. 어딜 봐도 온통 파편들, 갈라진 건물들 그리고 폐허 위에서 요동치며 굉음을 내는 경광등뿐이었다. 화면을 대체해도 될 만큼 매일 같은 모습이 되풀이되었다.

"프랭크, 그거 꺼요. 끔찍해서 더는 못 보겠어."

엄마가 몸서리쳤다. 엄마의 목소리는 떨리고 있었다. 아빠는 리모컨 버튼을 누른 다음 창가에 다가섰다. 밖에는 여전히 눈이 내리고 있었고 세상은 침묵으로 뒤덮였다.

★★★
18

12월 31일

곧 있으면 제레미가 도착한다.

지난번에 집에 다녀간 지 13주 만이다.

엄마는 양초도 꽃 장식도 아끼지 않았고 집 안은 물론 아빠
의 작업장까지 반짝거렸다. 큰 주방용 팬에서 끓는 소리가 났
고 자두 파이와 계피 비스킷 냄새가 새어 나오는 가운데 아
빠는 프랑스제 샴페인을 사는 데 거금을 썼다. 정오 무렵부터
다시 쏟아지기 시작한 눈까지 모든 게 완벽했다. 진짜 성탄절
분위기였다. 비록 12월 31일이었지만! 할머니는 며칠 전에 도
착하셨다. 중고 뷰익을 몰고 오셨는데 너무 찌그러진 나머지
차의 본래 모습이 궁금할 정도였다. 할머니는 늘 그렇듯 예고

도 없이 갑자기 들이닥쳤다. 이상야릇한 꽃분홍색 옷을 입고 팔에는 선물을 가득 안고 있었는데 매년 재활용해 윤기가 바랜 리본으로 포장한 것들이었다.

제레미 선물은 반짝반짝 깜박이는 크리스마스트리 아래 쌓여 있었다. 나는 부모님과 할머니에게 선물한 것과 똑같은 것을 준비했는데, 바로 마르카와 함께 녹음한 다섯 곡의 노래가 담긴 시디였다. 전 세계적으로 단 일곱 장만 발매된 특별 한정판이다!

우리는 형편이 되는 대로 우리의 힘으로 해 나갔다. 창고에서 그럭저럭 녹음을 하고 수명이 다 되어 가는 내 컴퓨터에서 옛날 방식으로 시디를 굽는 식이었다. 마르카의 판정은 끔찍한 음향이 망쳐 놓은 꽤 쓸 만한 연주—"하지만 오스카, 우린 이보다 천배는 더 잘할 수 있을 거야!"—라는 것. 맞는 말이었지만, 어쨌든 결과물을 얻었고 더 중요한 건 그걸 우리 둘이 해냈다는 것이다.

그녀와 나 단둘이서.

나는 무엇보다 앨범 재킷이 자랑스러웠고 보고 또 봐도 질리지 않았다. 우리 둘의 이름이 서로 얽혀진, 마치 금은 세공사가 만든 작품이라 할 만했다.

```
        O
     M  S
   MARKA
     R  A
   OSKAR
     A
```

할머니는 재킷을 바라보며 놀리는 듯한 미소를 띠었다.

"귀여운 오스카, 너 혹시 이 여자애 좋아하는 거 아니니?"

★★★
19

눈이 펑펑 내렸다.

엄마가 뛰어나갔다. 눈덩이와 함께 갑자기 추위가 밀려들었다. 제레미는 큰 배낭을 바닥에 내려놓고 엄마 아빠를 포옹했다. 그리고 할머니 차례였는데, 할머니를 지푸라기처럼 들어 올리자 할머니는 숨이 끊어지게 웃었다.

"네가 멋진 총각이 다 됐구나."

할머니는 형을 머리부터 발끝까지 훑어보며 말했다.

"군복이 너한테 잘 어울린다. 산발한 긴 머리보다 지금이 훨씬 낫다. 그땐 못 봐 주겠더라, 근데 지금은……."

13주 동안 기다려 온 순간이었다!

"어이, 동생!"

형은 나를 으스러지게 껴안았다. 킹콩처럼. 확실히 형은 변했다. 우리 앞에 선 제레미는 단단한 근육질에 어느 때보다도 몸을 잘 단련한 듯했다. 어쩌면 형은 정말 맨손으로 곰도 때려눕힐 수 있을지 모른다. 손도 세 배는 더 두꺼워져 아빠 손과 비슷해졌다. 형은 달라진 게 없는지 확인이라도 하려는 듯 주위를 둘러보았다.

"냄새 죽이네!"

형은 방 안을 돌아보고 가구 위에 놓인 자기 사진을 만지작거린 다음 주방으로 가 팬을 열어 보았다.

"자두 파이! 엄만 역시 멋지다니까."

아빠는 안경을 코끝에 걸치고 제렘의 군복에 달린 새로운 배지들을 살펴보았다.

"이 배지들이 다 뭔지 설명 좀 해 봐라."

아빠는 능청스럽게 바보 연기를 했고 제레미는 거기에 말려들었다.

"이건 공수 낙하 훈련 수료 배지예요. 40회 이상 뛰어내렸거든요. 그 옆은 백병전 과정 수료 배지, 그리고 이건—독수리 위에 갈매기 표시가 된—전문가 등급이에요."

"무슨 전문인데?"

"사격이요, 아빠! 말하자면 저격수죠. 그 사람 같은, 아빠도 아시겠……."

아빠는 안경 너머로 형을 힐끗 쳐다보기만 했다.

"그 사람? 누구?"

"프랭크 오닐이요, 기억 안 나세요?"

"아, 그래. 나하고 쌍둥이 같은 사람. 깜박했다, 그 사람."

'띠르'(사격하다[tir] : 옮긴이)와 '망띠르'(거짓말하다[mentir] : 옮긴이), 아이고 아빠는…… 대체 뭘 하시는 거야?

제레미는 선물 포장을 풀면서 빈손으로 온 걸 미안해했다.

"죄송해요, 포트 캐롤라이나는 정말이지 성탄절 쇼핑을 할 만한 장소가 아니라서요."

형은 시디를 보더니 나한테 윙크를 했다.

"좋은데, 앨범 재킷! 그래, 잘돼 가는 거야?"

"그거, 보통 시디가 아니야. 아주 희귀한 거야. 딱 일곱 장밖에 없는 거고 일련번호까지 붙어 있다고. 잘 간직해. 몇 년만 있으면 엄청 비싼 돈 내고 서로 차지하려고 할걸."

"그래. 근데 이거 말고, 그것도 잘돼 가는 거야?"

"질문이라면 내가 해야 할 것 같은데, 전문가 선생?"

"나중에 얘기하자."

형은 기다리고 있던 다른 선물들을 풀면서 웃었다.

할머니의 선물 상자에는 어색하고 우스꽝스러운 제목을 달고 있는 연애소설들만 잔뜩 들어 있었다. 『관능적인 이방인』, 『거짓 정사』, 『섹시한 백만장자』……. 할머니가 키득키득 웃었다.

"난 그거 전부 다 읽었어. 물론 좋은 것만 고른 거야. 넌 지금 사랑에 대해 알아야 할 나이야. 왜냐하면, 내 경험상, 너는 여러 처녀 마음을 흔들어 놓을 거니까. 내가 그 방면엔 훤하지!"

마음을 흔든다니요, 할머니도 참! 제레미는 흔들다 못해 이미 뒤집은 사람이라고요. 그가 다리에서 키스한 여자만 해도 수천 명인걸요, 수천이요!

"그리고 네가 거기 갈 때, 사기를 높이기 위해서도 그게 필요할 거야."

그 순간 모두가 얼어붙었다. 하지만 아무도 불평하지 않았다. 아무도 대꾸하지 않았다. 감히 아무도 할머니에게 방금 말한 '거기'가 어디인지 물어볼 엄두를 내지 못했다.

"고마워요, 할머니. 전 정말 이런 책들이 좋아요."

꽃무늬 옷을 입은 할머니는 행복에 겨워 어쩔 줄 몰라 했다.

아니, 제레미, 이 고약한 거짓말쟁이 같으니라고! 형이 들춰 보는 책이 일 년에 한 권이나 될까. 그것도 열 페이지도 못 넘기고 하품하며 다시 덮을 게 뻔한데. 형이 읽는 것이라곤 오직 록 잡지였다. 그나마도 대개 사진만 보는 데 그쳤다.

"그리고 말야, 제레미. 내가 사랑에 관해 아는 건, 다 이 책들에서 읽은 거야. 네 할아버지도 나를 만나기 전에는 사랑의 반의반도 알지 못했단다."

할머니는 사람들에게 들릴 만큼 큰 소리로 속삭였다.

저녁 식사 분위기는 상당히 묘했다. 마치 각자가 자기 역할을 억지로라도, 그것도 과장해서 해야 한다고 생각하는 것 같왔다.

엄마는 말을 너무 많이 했다. 마치 애써 마음을 딴 데로 돌리려는 듯. 아빠는 공공기관에 대해 불평을 늘어놓는 사람의 역할을 너무 잘 수행했다. 제레미는 꽉 끼는 군복을 입고 앉아 낙하 훈련에 대해 지나치게 떠벌렸다.

"상상만으론 부족해, 오스카. 직접 해 봐야 해. 돌멩이처럼 낙하하다가 갑자기 오장육부가 구름에 걸리는 거야!"

할머니는 조금 주책 맞은 노파 역할을 너무 열심히 했고, 나는 나대로 꼬마 익살꾼 역할에 치중했다. 하지만 제레미가 병과 교육을 마치고 앞으로 하게 될 일에 대해서는 한마디도 없었다. 우린 그 주제를 입에 올리지 않으려고 안간힘을 쓰느라 우스꽝스러워져 버린 것이다.

밤 열두 시, 서로 포옹하는 시간이었다. 밖에서는 클랙슨 소리가 이어졌고 연달아 터지는 폭죽이 눈 속에서 따닥따닥 소리를 냈다.

"얘들아, 새해 복 많이 받아라."

할머니는 매년 그래 왔듯 '소액 지폐'라고 부르는 것을 우리 주머니에 흘려 넣어 주면서 말씀하셨다.

"할머니, 새해 복 많이 받으세요. 고맙습니다."

제레미는 내 어깨를 잡았다.

"오스카, 새해 복 많이 받아. 내가 너한테 바라는 게 뭔지 알겠지?"

형은 시디를 향해 다소 느끼한 윙크를 날렸다.

"그 얘기 한 번만 더 하면 형 그 웃기는 계급장과 배지들을 몽땅 떼 버린다!"

"난 네가 왜 우물쭈물하는지 모르겠다. 그러면 결국 딴 녀석이 가로채 갈 텐데. 그건 확실해."

나는 그의 배지들을 손으로 움켜쥐었다.

"한마디만 더 하면 정말 떼 버린다!"

아빠는 프랑스제 샴페인을 땄고 밖에서는 서로 뒤질세라 클랙슨을 울려 댔고 폭죽 소리가 터져 나왔다. 난생처음 샴페인에 입을 적셔 본 나는 이 거품 덩어리가 그토록 비싸다는 사실에 조금 놀랐다. 사실 그건 코카콜라나 마찬가지였다. 약간 더 누런색에다 단맛이 덜할 뿐. 하지만 모두들 샴페인에서 최상의 세련미를 찾고 있는 듯해서 거기에 찬물을 끼얹었다간 공공의 적이 될 것 같았다. 제레미는 엄마가 한마디만 해도 웃음을 터뜨렸고 일등 사수답지 않게 샴페인을 지나치게 마셨다.

나는 형이 갑자기 마치 운동선수가 도약하기 전에 하듯이 호흡을 가다듬는 것을 보았다.

"참, 말씀드리지 않은 게 있어요."

그는 대수롭지 않은 일이 갑자기 생각났다는 듯이 말했다.

하지만 아무도 속아 넘어가지 않았다. 그가 호주머니에서 봉투 하나를 꺼내 그 안에서 상단에 국방성이라고 인쇄된 종이를 끄집어냈을 때 엄마는 입을 다물었고 우린 모두 그를 응시했다.

"특전대원 제레미 오닐은 제82공수사단 504낙하산연대 제3대대 시그마중대에 확정 배치됨."

제레미가 단숨에 읽어 내려갔다.

"올해 제가 하게 될 것을 말씀드리면⋯⋯."

형은 두 번째 종이를 펼치면서 야릇한 미소를 띠었다.

"이건⋯⋯ 이건 파견 명령서인데요. 저는 현재 우리 부대가 있는 곳으로 가야 해요."

형은 조금 뜸을 들였다. 우리는 모두 그의 말을 한마디도 놓치지 않으려 했다. 하지만 이미 어떤 말을 듣게 될지 알고 있었다.

"분명히 말씀드리면, 전 거기로 가요."

엄마가 울음을 터뜨렸다. 얼굴을 손에 파묻고 어깨를 들썩이며 흐느꼈다.

"내 그럴 줄 알았어, 그럴 줄 알았다고!"

제레미가 엄마의 목에 팔을 둘렀다.

"엄마, 우린 거기서 단지 치안 유지 임무만 하는 거예요. 평화와 안전을 지키고, 사람들의 자유를 보장하면 되는 거예요. 다른 건 아무것도⋯⋯."

"그래, 언제 떠나니?"

아빠가 둔탁한 목소리로 물었다.

"5일 후에 떠나요."

"네 나이 때는 다른 나라를 가 보는 것도 괜찮다. 난 말이야, 여행을 별로 해 보지 못한 게 후회가 돼."

할머니가 말씀하셨다. 그러고는 멍하니 생각에 잠긴 눈으로, 샴페인 잔에 입술을 적셨다.

20

제레미가 내일 떠난다. 눈물을 보여선 안 돼.

이 빌어먹을 두 문장이 끊임없이 맴돌았다. 정신 나간 새들마냥 머릿속에서 서로 부딪치고 충돌했다.

제레미가 내일 떠난다. 눈물을 보여선 안 돼. 제레미가 내일 떠난다. 눈물을 보여선 안 돼. 눈물을 보여선 안 돼. 울면 안돼. 눈물을 보여선…….

마치 둑이 터진 것처럼 눈물이 와락 쏟아졌다. 나는 울기 시작했다. 진짜 홍수라도 난 것처럼. 금세기 최고의 수량 증가. 나는 멈추지 못하고 아이처럼 흐느껴 울었다.

그래, 제레미는 내일 떠날 거다.

나는 눈물을 닦아 냈다. 코에는 콧물이 가득했다. 눈물 젖은 크리넥스 휴지 조각이 휴지통에 가득 쌓였다. 이럴 줄 알았으면 대량으로 주문해 놓는 건데. 집에 있는 것만으로는 우리 식구들이 흘린 눈물을 닦아 내기에 턱없이 부족했다.

미쳤나 보다, 이 눈물이란 게. 걱정스러울 정도였다. 눈물이 뺨을 타고 흘러내리는 속도로 본다면 제렘이 큰 배낭을 메고 배지를 단 멋진 군복을 입고 떠날 때쯤엔 한 방울도 남지 않을 것이다. 형은 물기가 다 빠져나간 커피 알갱이처럼 바짝 마르고 딱딱해진 동생을 보게 될 텐데……. 그래도 그나마 다행이다. 적어도 형은 할머니의 표현대로 '우거지상'을 하고 있는 내 모습을 보지 않고 떠날 테니까.

할머니는 태연하게 행동한 유일한 사람이었다. 형이 떠나기 전날 밤, 저녁 식사가 끝날 때쯤, 할머니는 걱정하지 말라고, 자신은 대통령을 믿는다고 선언했다. 집 안에서 가장 안락한 소파에 편안히 앉으면서 "아주 잘생긴 남자야."라고 덧붙였다. 그러고 나서 소설 『낯선 여인을 향한 연정』에서 눈을 떼지 않았다.

내가 열 살 때 할머니가 선물한 지구본에서 보면, 복잡할 건 없었다. 제레미는 거의 정확하게 대척점, 그러니까 지구 반대쪽으로 떠나는 것이다. 수천 킬로미터의 터널만 뚫으면 우린 서로 얼굴을 마주 볼 수 있을 것이다.

주방에서는 엄마가 마지막 저녁 식사를 위해 분주하게 움직였다. 아니! 나는 앞으로 절대 이따위 '마지막 어떤 것'이라든가 '마지막 무엇'과 같은 말을 하지 않을 것이다. 그러니까 엄마는 그저 저녁 식사를 위해 분주했다. 제레미가 좋아하는 것을 모두 차린 훌륭한 식사였다. 물론 빠뜨릴 수 없는 자두 파이까지. 엄마도 울고 있었다. 그건 분명했다. 난 단지 엄마가 파이에 너무 많은 눈물을 떨구지 않기를 바랐다.

아빠는 낮에 작업장에 간 뒤로 모습을 보이지 않았다. 아빠는 무뚝뚝한 태도를 유지하는 데 명예를 건 사람처럼 보였다. 겉으로는 그랬다. 하지만 나는 아빠도 속으로 눈물을 흘렸을 거라고 생각했다. 아무 자동차나 만지작거리면서 아마 폭발 직전까지 갔을 것이다.

우리는 마지막 한나절을 되도록 서로 외면하면서 보냈다. 집은 그다지 크지 않았지만 각자 자기의 공간에 웅크리고 있었다. 각자 자신의 껍질 속에 도사리고 있었다고 할까. 아빠는 기름때의 껍질, 엄마는 파이의 껍질, 제레미는 마지막 준비의 껍질—다시 한 번 이 빌어먹을 '마지막'!—할머니는 연애소설의 껍질, 그리고 나, 내 껍질은 내 방이었다. 나는 창가에 서 있었다. 창밖에는 눈이 모든 걸 뒤덮었고 제레미에서 마르카까지 내 생각은 되는대로 흘러갔다.

며칠 전에 만났을 때 마르카네 집도 우리 집처럼 뒤숭숭했다. 다리 기술자지만 제프 역시 그곳으로 떠난다. 그리고 덤으로 레옹도 파견된다. 차이가 있다면 제프는 파견을 자원했다는 거다. 수당 때문에 자청한 것이다. 제레미와 레옹 역시 상당한 금액을 받을 테지만 그들은 액수를 밝히려고 하지 않왔다.

"오스카, 그건 비밀이야. 안 그러면 넌 그걸 슬쩍해 보려 하다 우리한테 남은 시간을 다 허비하게 될걸."

여전히 눈물이 그렁그렁한 눈으로 나는 벽에 붙어 있는 사진을 바라보았다. 지난여름 콘서트—단 한 번이었던—때 찍은 제레미와 내 사진이었다. 그것은 다음 날 지방 신문에 보도된 진짜 록 스타 사진인 셈이었다.

제레미는 기타에 꼭 붙어 있었는데, 자신의 록 용품 일체로 무장한 모습이었다. 장발에다, 선글라스 그리고 어깨에는 가죽조끼를 걸친 채로. 나는 베이스 주자들이 그렇듯 눈에 띄지 않게 뒤쪽에 서 있었으며 머리에 빨간 띠를 둘렀다. 측면에는 스피커 시스템과 스포트라이트 그리고 멀리, 흐릿하게 청중들이 있었다. 사진 기자가 어떤 트릭을 썼는지 모르겠지만, 사진만 보면 그날 밤에 수천 명의 청중이 우리 공연을 보러 온 것 같은 인상을 받게 된다. 그런데 사실 그것은 고등학교 학년 말 공연으로, 학교 옆에 있는 운동장에서 열렸고 참석자도 이삼백 명을 넘지 못했다. 각 그룹이 세 곡까지 할 수 있었다. 우리는 제레미가 작곡한 곡 하나, 오프스프링의 곡과 픽시스의 곡 하나를 연주했다. 드럼과 제2 기타는 없었지만 우리 연주는 쓸 만했고 청중들은 박수와 휘파람과 환호를 보냈고 앙코르 요청까지 했다.

나는 마르카와 함께 올해 공연에도 등록을 해 놓았다. 그리고 만약 제레미가 그때에 맞춰 돌아올 수 있다면 형도 함께할 수 있도록 해 볼 참이다. 하지만 그 문제는 아직 마르카에게 말도 꺼내지 않았다. 그녀의 완벽주의 때문에.

˙★˙★˙★
21

제레미가 출발한다.

형뿐 아니라 여러 명이 함께 떠난다.

혹독한 추위 속에서도 부모들은 모두 배웅을 나왔고 차가 출발할 때까지 발을 동동 구르며 추위를 견디고 있었다. 조부모, 형제, 누이, 삼촌, 숙모, 사촌, 그리고 친구들도 있었다.

모두 부은 얼굴에 충혈된 눈을 하고 코를 훌쩍이며 휴지를 든 채 추위에 떨고 있었다. 우리가 도착했을 때 제프와 마르카 그리고 마르카의 어머니는 이미 와 있었고 학교 친구들도 자기 형들을 배웅하기 위해 기다리고 있었다. 그중에는 아직 날이 밝지도 않았는데 선글라스를 끼고 나온 멍청이 마이클도 있었다. 나는 그가 줄곧 마르카와 내가 만든 작은 록 그룹에 관심이 있다는 사실을 알고 있었다. 레옹은 자기 집의 포드 에스코트를 직접 몰고 나타났다.

도지 다코타의 보닛에 얼굴을 묻고 있던 아빠까지도 마지막 순간에는 배웅을 나왔다. 나중에 안 사실이지만 할머니가 아빠를 작업장에서 몰아내면서 배웅 나가도록 등을 떠민 것이다. 두 사람은 함께 나타났는데, 아버지는 기름때가 낀 양모 반코트에 몸을 파묻고 있었고 할머니는 놀랍게도 형광 노란색의 겨울 우주복에다 오렌지색 스카프 차림이었다. 이런 종류의 옷은 오직 우리 할머니만이 소화해 낼 수 있을 것이다.

추위 속에 입김이 새어 나왔고 자동차 엔진은 간헐적으로 기름 방귀를 토해 내고 있었다. 운전사가 짐칸의 문을 열었다.

"어이, 신병들! 이제 출발해!"

그들은 배낭을 실었으나 아무도 차에 오르지는 않았다.

"어이, 신병들!"

운전사가 다시 소리쳤다.

"돌아올 땐 온통 까맣게 그을려 있을 거야. 거긴 섭씨 40도라니까."

제레미가 말했다.

우린 애써 웃으려 해 봤지만 마음이 따라 주지 않았다.

"자, 제렘! 이거 형 주려고."

나는 할머니가 주신 용돈으로 산 엠피스리 플레이어를 형의 손에 쥐여 주었다. 형이 좋아하는 곡들에다 우리 노래 다섯 곡도 저장했다.

"어 이건 아닌데, 오스카. 나 이거 받을 수 없어."

"괜찮아. 난 여기서 뭐든 들을 수 있잖아. 거긴 해도 빨리 지는 것 같던데 긴 밤 시간 동안 뭔가 해야 할 거 아냐. 실컷 들으면서 내 생각 해. 그리고 나는……."

말을 더는 이어 나갈 수 없었다. 한마디만 더 하면 울음이 터져 나올 것 같았다. 제레미는 차에 올라탔고 제프가 옆자리 에 앉았으며 레옹은 그 뒷자리였다. 셋 중 누구도 장난을 치 지 않았고 우리도 마찬가지였다. 차가 출발하려던 찰나에 문 득 내가 이 순간을 아주 오래전에 이미 경험한 듯한 느낌이 들었다. 똑같은 차, 차창 뒤에 자리 잡은 똑같은 미소, 똑같은 추위. 그게 언제 어디였는지는 떠올릴 수 없지만 마음속 깊은 곳에서 똑같이 버림받은 느낌이 떠올랐다. 마치 내 몸 일부분 이 떨어져 나간 것 같은.

차가 멀어졌다. 그리고 점점 작아져 눈 덮인 지평선 위의 작은 반점에 불과하게 되었다. 제레미가 떠났다.

사람들은 몸을 떨며 삼삼오오 집으로 돌아갔고 마르카가 내 곁으로 살며시 다가왔다.

"한 바퀴 돌까?"

22

다리! 마르카가 나를 다리로 데려간 것이다! 다리에 가까이 갈수록 나는 낡은 후드 재킷 깊숙이 손을 찔러 넣었다. 그 애의 목에 팔을 두르고, 손을 잡고 그 애에게 들려줄 수많은 말들을 찾아내기는커녕.

우리는 다리 한복판에 멈춰 섰다. 발아래로 강물이 탁탁 소리를 내며 흘러갔다. 살얼음이 언 강물은 죽처럼 탁하고 걸쭉했다. 할머니의 책들이나, 영화 또는 삼류 텔레비전 연속극에서도 그 순간은 딱 키스 타임이었다. 눈이 쌓인 둑과 흐린 하늘을 배경으로 얼굴에 집중된 영상. 하지만 현실은 간단치 않았다. 나는 콩닥거리는 가슴으로 주머니에서 손을 끄집어내기에 이르렀다. 마르카는 숨소리가 들릴 정도로 가까이 있었다. 작은 입김이 그녀의 입술 사이로 빠져나왔다. 옆모습을 보니 그 애가 미소를 짓고 있었다. 나는 그 애의 어깨에 손을 얹었다. 숨이 가빠졌고 관자놀이가 윙윙거렸다. 심장은 마구 뛰었다.

그때 갑자기 누가 그 애를 불렀다.

"마르카, 마르카!"

나는 마치 지갑을 슬쩍하다 들킨 사람처럼 화들짝 놀랐다. 마르카의 어머니였다. 그녀는 우리에게 다가왔고, 나는 그 순간 사라져 버릴 수 있다면, 주위의 눈 속으로 녹아 없어져 버릴 수 있다면 모든 걸 바쳐도 아깝지 않았을 것이다.

"내가 눈치 없이 끼어들었나 보구나. 미안."

그녀는 겸연쩍은 미소를 짓고는 담배에 불을 붙였다. 손이 약간 떨렸다.

"근데 마르카, 부탁인데 오늘은 집에 혼자 있고 싶지 않구나. 오늘 같은 날은 말이야. 너희 다음에 만나도 되지, 응, 오스카?"

다시 한 번 그 애가 미소 지었다.

"마르카를 데려가도 날 원망하지 않을 거지? 다음에 보면 되니까."

귀가 화끈거리고 손바닥이 땀에 젖은 채, 나는 더듬더듬 말했다.

"예, 그럼요, 괜찮아요."

그때 기온이 영하 10도, 아니 어쩌면 더 추웠을지 모르지만 나는 그처럼 뜨겁게 느껴진 때가 없었다. 바로 내 옆에서 마

107

르카는 웃음을 터뜨리기 일보 직전이었다.

"우리 다음번에 다시 얘기하는 거다. 그럴 거지, 오스카?"

그 애는 나에게 미소 지었고 내 뺨에 살짝 입을 맞춘 다음 자기 엄마와 팔짱을 끼고 멀어져 갔다.

마르카는 조금 더 걸어가다 뒤를 돌아보았고 한 번 더 나에게 손짓을 했다.

"내일 봐!"

방금 마르카가 입 맞춘 곳으로 손가락을 가져갔다. 나는 도무지 내가 어디 있는지 얼떨떨하기만 했다. 몇 초 사이에 나는 제레미가 떠난 사실을 까맣게 잊고 있었다.

이 소녀는 믿기 어려울 정도로 삶을 가볍게 만드는 힘이 있었다.

23

"A와 B의 식이 0과 같아지는 오직 하나의 수치 x는 존재하는가?"

수학을 가르치는 야콥슨 선생님은 적절한 질문을 던지는 데 뛰어난 재주가 있었다. 나는 단지 공책을 백지로 놔두지 않기 위해 되는대로 숫자 몇 개와 x와 y를 나열한 다음 연필을 내려놓았다.

엄마는 요즘도 자기 반 어린애들과 함께 지냈다. 제레미가 떠난 후부터 엄마는 점점 더 학교에서 늦게 돌아왔다. 아빠는 변함없이 작업장에 있었다. 아빠는 아침부터 그곳으로 달려가 문을 닫아걸고 난로를 켠 다음 자동차들과 머리를 맞댄 채 혼자 머물렀다. 가끔 연장 소리가 멈추었다. 아마 제레미 생각을 하고 있겠지. 사진첩을 보고 있지 않다면.

내 시선은 다시 공책을 향했다.

'A와 B의 식이 0과 같아지는 오직 하나의 수치 x는 존재하는가?'

나는 이 너절한 것들을 모두 휴지통에 던져 버렸다. 야콥슨 선생님이나 자기의 A와 B 식을 간직하라지. 제레미가 떠난 지 열흘이 되었지만 아직 소식이 없다. 지극히 정상이야. 자기 아들이 일 년 전에 그곳으로 갔던 카펠리 부인이 잘라 말했다.

"처음에는 적응해야 하니까."

그녀는 눈가에 눈물이 맺힌 채 덧붙였다.

"그리고 돌아와서도 시간이 필요해."

세르지오 카펠리는 그곳에서 귀환한 후 집 밖으로 거의 나오지 않았다. 그는 며칠씩 집 안에 틀어박혀 게임기 앞에서 뒹굴거나 맥주를 마시고 아무와도 말을 하지 않은 채 종일 스낵을 먹었다.

할머니는 아래층에 계셨다. 소설책을 바닥에 떨어뜨린 채 소파에서 잠이 들었다. 할머니는 자기 집에 돌아가야 할지 마음을 정하지 못하고 있었다.

"어쨌든 제레미 소식을 듣기 전에는 못 가. 여기가 편하기도 하고."

나는 할머니의 책을 손 가는 대로 펼쳐 보았다.

에리카가 고개를 숙이면서 갈색 단추들을 풀어헤치자 진줏

빛 목덜미가 드러났다. 존은 가볍게 몸을 떨면서 그녀에게 다
가섰다. 그는 그녀의 어깨에 손을 얹고 그녀를 자기 쪽으로 끌
어당겼다. 그는 젊은 여자의 향기에 취했다. 저항 의지를 잃은
그녀는 열정적으로 그에게 입술을 내밀었다. 그리고 "오! 존"
이라고 속삭였다.

눈을 감고 나는 잠깐 존이 되어 마르카와 그 장면을 연출하
는 것을 상상해 보았지만 잘되지 않았다. 할머니가 한쪽 눈을
떴다. 할머니의 팔찌가 손목에 부딪혀 소리를 냈다.
"오스카, 현실에서는 절대 이렇게 되지 않아. 절대! 책에서
는 훨씬 더 멋지게 그려 놓으니까. 하지만 그래도 우리는 여
기저기서 재미난 아이디어들을 건질 수 있어."
할머니는 몸을 일으키면서 보랏빛 원피스의 주름을 폈다.
"마르카, 제레미가 떠난 날 봤던 그 애가 마르카 맞지? 둘이
같이 가는 거 봤다."
할머니는 깔깔대며 유쾌하게 웃기 시작했다.
"내가 널 놀린다고 생각하지 마라. 오히려 난 네가 부러워.
나한텐, 이제 남은 거라곤 책밖에 없어. 네가 그 애를 바라보
는 것처럼 나를 바라볼 남자는 이제 한 명도 없을 거다. 넌 걔
한테 푹 빠져 있어. 훤히 보이는걸."
기왕 이렇게 된 것, 나는 할머니가 마르카의 속마음을 판독
해 주기를 바랐던 것 같다. 하지만 할머니는 내게 다음과 같

이 속삭일 뿐이었다.

"주저하지 말고 할머니한테 얘기해라, 귀여운 오스카. 난 사랑 얘기를 좋아하니까."

나에겐 제레미와 할머니라는 두 명의 국가대표급 코치가 있는 셈이다.

24

텔레비전에서는 그곳으로 파견된 우리의 '보이스'에 대한 현지 취재물을 방영했다. 우리, 그러니까 아빠, 엄마, 할머니 그리고 나는 화면에 빨려 들어가다시피 했다. 항상 물을 뚝뚝 흘리며 생기발랄하게 샴푸를 하는 여자의 화면에 이어 요란한 타이틀 음악이 나오고 군 기지가 등장했다.(우리는 취재 기자가 발음한 이름을 놓고 의견 일치를 보지 못했다.) 양철 지붕의 가건물 막사가 사막으로 난 정문까지 끝없이 이어졌다. 침착한 어조의 부사관들이 금속 테 선글라스 뒤에 얼굴을 숨기고 있었다. 그들의 등 뒤로는 병사들이 경장갑차 행렬 주위에서 바쁘게 움직였다. 바람에 날린 황갈색 먼지가 시야를 가렸다. 우리는 눈을 부릅뜨고 바라보았다. 얼굴 하나, 실루엣 하나도 놓치지 않고 자세히 살폈다. 혹시 제레미나 제프나 레옹을 보게 될지도 모르니까.

"개들을 발견할 확률은 천 분의 일도 안 돼."

아빠가 투덜댔다. 늘 그랬듯 시큰둥한 척하는 것이다.

그러면서도 아빠는 화면에서 눈을 떼지 않았다.

한 정찰대의 출발. 127정찰대다. 병사 한 명이 안고 있던 작은 곰 인형을 카메라에 들이댔다.

"여러분에게 네스토를 소개합니다. 떠날 때 내 딸이 준 건데 그때부터 내 작은 수호천사입니다. 네스토와 함께라면 두려울 게 없죠!"

병사는 인형을 계속 안고 있었고 승리의 브이 자를 그리면서 험비(GM에서 만든 군용 지프:옮긴이) 속으로 빨려 들어갔다. 아빠가 사진에서 동료들이랑 취했던 것과 같은 제스처였다. 다른 한 병사는 카메라 앞에서 장난치듯 M-16 소총을 흔들어댔다.

"내 수호천사는 이겁니다."

험비는 먼지 구름 속으로 멀어져 갔고 취재 기자는 '안전상의 이유로' 기지 밖에서는 127정찰대의 동행 취재 허가가 내려지지 않았다고 밝혔다.

127정찰대의 귀환. 곰 인형 병사는 침상에 누워 기타를 퉁기며 자신의 버전으로 닐 영의 노래 〈노인〉을 불렀다. 머리맡에서는 곰 인형이 좌우로 가볍게 흔들렸고 그 옆에 딸 사진이 압정으로 고정되어 있었다.

"우린 각자 부적이 있어요."

병사가 웃으며 말했다.

"여기선 무사히 돌아갈 수만 있다면 뭐든지 좋은 거니까. 하지만 나한텐 네스토가 최고예요."

우리는 아예 지도를 카펫 위에 펼쳐 놓고 그곳이 어디에 있는지 알아보려고 했다. 제레미가 떠난 뒤 지도를 하도 펴 봤기 때문에 이젠 저절로 그 페이지가 펼쳐졌다. 하지만 텔레비전에 나온 지명들은 지도와 일치하지 않았다. 아마 진짜 지명을 말하는 것 같지 않았다.

르포는 도심 한복판, 군중들이 가득한 '알파 2' 안전구역으로 이어졌다. 이곳 역시 지도에 나타나지 않았다. 이번에는 기자가 127정찰대를 수행 취재할 수 있는 허가를 받았다. 곳곳에서 건물들은 반쯤 붕괴되었고 도로는 바람이 일으킨 황갈색 먼지 돌풍에 휩쓸리고 있었다. 맨발 차림의 아이들이 껌이나 볼펜 등을 얻기 위해 군인들이 탄 장갑차 뒤를 쫓아갔다. 험비는 기자가 '안전예비구역'이라 부른 곳으로 진입했다.

"이 소형 트럭을 놓치지 마세요."

갑자기 해설자가 낮은 목소리로 말했다. 붉은 원으로 표시된 차량이 화면에 나타났는데 행인과 차들로 붐비는 대로를 거슬러 올라가고 있었다. 소형 트럭은 다른 자동차들 사이로 느리게 길을 헤쳐 나갔고 사람들로 붐비는 교차로에 도달한 바로 그 순간 폭발이 일어났다. 꽝 하는 폭발음 소리가 황

폐한 건물들의 외관을 따라 울려 퍼졌다. 엄마가 소리를 질렀다. 카메라가 흔들리다 넘어졌다. 잠시 동안 우리는 뜨겁게 달궈진 하늘에 피어오른 화약 연기 자국, 흐릿하지만 겁에 질린 얼굴, 다리, 팔 들을 보았다. 다시 카메라가 고정되고 화염에 싸인 소형 트럭을 비추었다. 피어오르는 검은 연기 사이로 우리는 핸들을 잡고 주저앉은 사람의 희미한 형체를 식별했다. 겁에 질린 군중들의 외침이 사방에서 메아리쳤다.

기자가 말을 이었다.

"그날, 127정찰대원들은 운이 좋았습니다. 아무도 이 소형 트럭의 운전사가 일을 저지르리라고는 생각하지 못했을 것입니다."

엄마는 고개를 돌렸지만 아빠는 화면 앞에서 꼼짝하지 않고, 눈을 크게 뜬 채 죽은 사람처럼 창백한 표정을 하고 있었는데 얼굴은 땀으로 번득였다.

"화면만으로는…… 실제인지 아닌지 알 수 없어. 저 길에는 서른 대가 넘는 차들이 있었는데 어떻게 바로 저 트럭만 정확히 촬영한 거지? 어떻게 그 차량이 폭발하리라는 걸 알았을까?"

할머니가 조용하고 침착한 목소리로 말했다.

"어머니, 제발!"

아빠가 한숨지었다.

뭐 할머니 말씀도 일리가 없는 건 아니었다.

116

★★★
25

"제레미 편지야! 제레미한테서 편지가 왔어!"

아빠는 손에 검은 기름때를 묻힌 채 작업장에서 나왔고 할머니는 소설책을 무릎에 내려놓았다. 봉투를 여는 엄마의 손끝이 떨리고 있었다. 엄마는 편지를 빠르게 훑어 내려갔고 입가에 가벼운 미소가 어렸다.

"별일 없는 것 같아."

기지는 너무 커서 한쪽에서 다른 쪽으로 가려면 차를 타야 해요. 내 숙소는 헬기장 바로 옆이에요. 헬기가 쉴 새 없이 이착륙하지만 고참들은 결국 소음에 익숙해진다고 말해요. 더위가 참기 어려울 거라 생각했는데, 여기서 가장 힘든 건 계속해서 불어오는 바람이에요. 바람이 무척 뜨겁고 건조하기 때문에 내가 미라가 되는 게 아닌가 싶을 정도

네요. 또 음식이든 침구든 모래가 스미지 않은 곳이 없어요. 어쨌든 식사는 모든 병사가 시간 내에 마치려면 재빨리 해야만 해요.

그동안 기지 내부를 경비 순찰하는 것 말고는 별다른 일이 없었는데, 어제 오후에는 기지 외부 순찰에 처음으로 끼게 되었어요. 우리는 험비로 동쪽 구역에 나갔는데 몇몇 주민은 우리 일행을 외면했지만 대부분은 덤덤한 태도를 보였어요. 연대장이 직접 와서 잘되고 있는지 확인했어요.

우연히 제프와 마주쳤어요! 몰랐는데 처음부터 같은 기지에 있었지 뭐예요! 걔네 부대는 곧 북쪽으로 떠나는데 거긴 여기보다 상황이 좋지 않은 곳이에요. 나는, 그러니까……

제레미의 편지를 보면 모든 게 순조로운 듯했다. 하지만 그날 저녁 내 컴퓨터에 도착한 이메일에서는 얘기가 달랐다.

안녕, 오스카.

네게 이런 얘길 한다는 게 잘하는 건지 모르겠지만, 어쨌든 내가 모든 걸 털어놓을 사람은 너밖에 없어. 아마 부모님은 벌써 내 편지를 받으셨을 거야. 그렇지 않으면 곧 도착하겠지. 아빠 분명 편지 내용을 그대로 믿지 않으시겠지만 엄마한테까지 걱정을 끼쳐 드리고 싶진 않으니까.

사실 이곳에서는 모두가 극도로 긴장해 있어. 그걸 아는 데 열흘도 걸리지 않았어. 우리에겐 선택이란 두 개의 지옥뿐이야. 기지 안에서 훈련하든가 기지 밖에서 수색하는 것. 아무도—장교들까지—우리가 여기에서 무얼 하고 있는지 정확히 알지 못해. 우린 잡생각을 떨쳐 버리기 위해 카드를 하거나, 비디오 게임기 앞에서 몇 시간씩 죽치고 있거나, 영화를 봐. 몇 분이 몇 시간 같고, 몇 시간은 마치 며칠 같아. 항상 대기 중이지만 누구도 우리가 무얼 기다리고 있는지 알지 못해. 다행이라면 네가 준 엠피스리야! 그걸 목에서 떼 놓은 적이 없지. 또 하나의 지옥은 바깥인데, 일단 기지를 벗어나면서부터야.

나는 일등 사수니까 수색을 나갈 때 가장 잘 보이는 곳에서 '나쁜 놈들', 그 개자식들을 찾아내는 게 임무야. 그놈들은 물론 우리가 주된 표적임에도 온 사방에 폭탄을 설치해. 희생자가 자기편에서 나든, 어린 아이든 여자든 상관없다는 식이지. 모두가 그 지긋지긋한 자들을 두려워해. 그들은 어디서도 물러서는 법이 없고 일 초의 망설임도 없이 자폭할 준비가 되어 있어. 그래서 철칙은 아무도 믿지 말라는 거야. 아이들조차도. 그놈들은 우리한테 수류탄을 퍼붓기 위해 아이들을 끌어모은 것 같아. 폭탄은 어디서든, 언제든, 또 누구로부터든 우리 얼굴에 떨어질 수 있는 거지!

여기서 모든 사람이 입에 달고 사는 말은 '오늘도 무사히', '조심해', '신중해'야. 그게 아침 인사나 저녁 인사를 대신하는 거지. 그냥 심심하면 '오늘도 무사히'라고 말하는 것 같아.

엄마 아빠한테는 모두가 시간에 맞추기 위해 빨리 식사를 한다고 썼는데 그건 거짓말이야. 진짜 이유는 식당 한복판, 우리 코앞에서 폭탄이 터지지 않을까 하는 두려움 때문이야. 진짜 끔찍한 학살이지. 몇 달

119

전 북쪽에 있는 한 기지에서 실제로 일어났어. 한 '인간 폭탄', 그러니까 주방에서 일하고 모두가 알던 사람인데 배에 폭약 띠를 두르고 자폭한 거야.

그만 쓸게. 부사관이 복도를 지나갔는데 글 쓰고 있는 걸 그가 보면 좀 그렇거든. 엄마 아빠한테는 말하지 않기다.

다리 위에서 예쁜 마르카에게 키스하는 것 잊지 말고.

오늘도 무사히.

J.

"이제 제레미 소식을 들었으니, 내 집에 돌아가도 되겠다."

할머니는 제레미의 편지가 도착한 다음 날 짐을 꾸리셨다. 매섭게 추운 날씨였고 일기예보로는 기온이 더 떨어질 거라고 했다. 하지만 할머니는 아랑곳하지 않았다. 4백 킬로미터를 혼자서 그것도 빙판길을 운전하고 가는 데 걱정도 안 하셨다. 아빠가 할머니를 말렸다.

"어머니, 하루나 이틀만 더 계세요. 어머니 연세에 더구나 이런 날씨에 운전하고 가신다는 건 말도 안 돼요!"

"어이구, 프랭크. 내가 이런 게 어디 한두 번이니? 그리고 도로에 다른 차들도 많이 다니잖아. 이 정도 빙판쯤은 아무것도 아니야."

할머니는 낡은 뷰익의 트렁크에 짐을 구겨 넣고 시동을 건 뒤 급하게 핸들을 틀어 멀어져 갔다. 작별 인사로 클랙슨을 울리면서!

할머니는 우리 집에 엄청난 양의 연애소설을 남기고 떠났다.

"원하는 건 뭐든지 갖다 보렴. 난 이제 다시 읽는 일이 없을 테니."

할머니가 앉았던 소파의 빈자리를 보면서 할머니의 엉뚱한 면이 그리울 거라는 생각이 들었다.

26

제레미와 제프 일행이 거기에 간 지 23일이 지났다.

살을 에는 듯한 추위에다 날이 어두워졌는데도 마르카는 교문 앞에서 나를 기다렸다. 그 애가 아니면 누구도 일부러 남아서 만날 생각을 해내지 못했을 것이다. 마지막 학생들이 대기하고 있던 스쿨버스에 올라탔고 수위는 철책 문을 닫으며 그 너머로 우리를 쳐다보았다. 마치 우리가 무슨 음모라도 꾸미는 양.

"오스카, 너 노래 가사 써 놓은 거 있어?"

"나는 없어. 제레미가 연습 삼아 해 본 건 있지만. 그다지 쓸 만한 건 아니야."

"우리가 해 보면 어때?"

"그러니까 네 말은, 우리 둘이서?"

"그래, 우리 둘이서. 너와 내가."

마르카의 입으로 발음된 '너와 나'는 마법의 공식 같은 것이었다. 그녀를 위해, 그녀가 원하는 곡을 쓰는 일이라면 나는 밖에서 날밤을 새울 준비도 되어 있었다.

"너 생각나니?"

마르카가 말을 이었다.

"제프와 제레미가 떠나던 날 말이야. 자동차의 검은 연기, 배웅 나온 가족들, 억지 농담을 짜내던 사람들, 그날 아침의 어딘지 모르게 이상한 분위기……. 그래서 그것에 관한 노래를 만들어 봤으면 싶은데. 그들의 출발을 주제로. 몇 가지 아이디어는 적어 놓은 게 있어."

마르카는 늘 몸에 지니는 작은 스프링 수첩을 호주머니에서 꺼냈다. 교문 철책 너머에서 수위가 학교의 전등을 끄기 전에 마지막으로 미심쩍은 눈길을 보냈다. 어둠과 추위 그리고 얼어붙은 강에서 올라오는 얼음처럼 찬 안개도 아랑곳하지 않고 우리 둘은 밖에 서서 아직 태어나지 않은 노래에 대해 얘기하고 있었다. 그게 곧 세상에서 가장 중요한 일인 것처럼.

★★★
27

처음으로 마르카의 집에 가던 날, 여자애 방에 들어가 본 적이 드물었기 때문에 더욱 심장이 두근두근 난리를 부렸다. 작은 방에, 벽에는 사진이 몇 장 걸려 있고 화장품 몇 개가 거울 앞에 흩어져 있었다. 바닥에 책, 종이 그리고 음반과 잡지들이 널려 있는 것으로 보아 마르카의 어머니는 우리 엄마보다 정리 정돈에 신경을 덜 쓰는 게 분명했다. 어느 것 하나를 밟지 않고 발을 내딛는 게 불가능할 정도였다. 큰 고양이 한 마리가 침대에서 마르카의 기타 옆에 일자로 누워 자고 있었다.

"오스카, 브라이언을 소개할게. 브라이언, 여긴 오스카야. 내가 이미 말했지."

브라이언은 털끝 하나 움직이지 않았다.

"그럼 시작해 볼까?"

마르카가 수첩을 꺼내며 말했다.

나도 머리에 떠올랐던 몇 구절을 종이 귀퉁이에 적어 놓은 게 있었다.

"첫 번째 단어는 부정확해."

마르카가 자신 있게 말했다.

"첫 구절도 마찬가지야. 글을 써 본 사람이면 다 알 거야!"

나는 그녀의 말은 무엇이든 따를 준비가 되어 있었다.

그리고 어떻게 해야 할지 잘 몰랐지만, 우리는 쓰기 시작했다. 우리는 단어를 찾고, 고치고, 첨가하고, 지우면서, 수백 번 뒤로 돌아왔다. 두세 구절을 갈겨 쓴 다음, 다시 적절한 말을 찾곤 했다. 마르카는 첫 페이지를 찢어 작은 공 모양으로 뭉친 다음 브라이언에게 던졌지만, 브라이언은 눈 하나 꿈쩍하지 않았다. 그를 깨우려면 더 큰 무언가가 필요했다. 우리는 처음으로 돌아가 그동안 써 놓은 것을 다시 검토했고 어감이 괜찮은 몇몇 단어들을 늘어놓았다. 그러고는 다시 계속했다. 그리하여 조금씩, 단어 하나하나, 한 줄 한 줄이 더해지면서 우리의 구절들은 형태를 갖추어 갔다. 구절들은 서로 화답하듯이 포개졌다. 우리는 한 사람이 한 것을 다른 사람이 한 것과 결합했는데 나중에는 어느 부분을 누가 썼는지 분간할 수 없었다. 하지만 그건 중요하지 않았다.

마침표를 찍었다. 고개를 들었을 때 어느새 밤이 내려와 있었다. 브라이언은 여전히 자고 있었고 우리는 녹초가 되었다. 우리는 탈진한 채로 행복감에 젖어 서로를 바라보았다. 마치 미지의 영역을 끝없이 탐험한 다음 마침내 땅에 안착한 여행자들처럼. 나는 뭔가를 쓴다는 게 이토록 지치는 일이란 걸 생각해 본 적이 없었다. 하지만 결과물이 우리 눈앞에 있었다. 마르카가 열띤 목소리로 다시 읽은 몇십 줄의 글. 마지막 단어는 거의 비현실적으로 들렸다.

"내 생각엔 좋은 것 같아."

조금 이따가 그녀가 말했다.

"제목을 붙여야 할 텐데."

"그곳에."

나와 그녀가 동시에 제안한 제목이었다.

우리는 웃음을 터뜨렸다.

"우린 방금 필리핀 게임을 한 거야. 소원을 빌어야 해."

마르카가 말했다.

"필리핀 게임?"

"두 사람이 동시에 같은 걸 말했을 때 하는 게임이야. 각자 소원을 빌고 다음 날 상대방에게 먼저 '안녕 필리핀'이라고 말하는 사람의 소원이 이뤄지는 거야. 잠깐 내 소원 좀 생각해 보고."

나는 내가 원하는 것을 알고 있었다. 나는 마르카도 같은 걸 소망하기를 바랐다.

어쨌든 '그곳에'는 좋은 제목이었다. 마르카는 기타로 몇 개의 화음을 퉁기면서 다시 한 번 가사 전체를 소리 내어 읽었다.

어울리는 멜로디, 그걸 찾는 건 쉬운 일이 아니다. 그건 가사와 잘 맞고, 자연스러워야 하며 오로지 그 노랫말을 위해서 만들어졌다는 인상을 주어야 했다. 우리는 노래를 부르면서 수십 번 시연해 보았고 작품은 조금씩 자리를 잡아 갔다. 마치 퍼즐에서 각 조각이 결국에는 다른 조각들과 맞물리게 되는 것처럼.

현관문이 열리는 소리에 고양이가 침대에서 뛰어내렸다. 자이언트 맥스에서 계산원으로 일하는 마르카의 어머니는 밤마다 집에 올 때 먹을 것을 가지고 왔다. 살찐 브라이언은 그때가 고양이의 하루 중 가장 신 나는 시간이란 걸 오래전부터 알고 있었다.

내 시선이 마르카의 눈길과 마주쳤다. 우린 그 상태로 헤어질 수 없었다.

"오스카, 바래다줄게."

마르카는 자기 엄마의 볼에 급히 뽀뽀를 한 뒤 말했다.

나는 마르카의 어머니가 우리가 그 애 방에서 나오는 것을 봤다는 생각에 얼굴이 빨개져 쭈뼛쭈뼛 "안녕하세요, 안녕히 계세요." 하고 얼버무렸다.

그 모습에 마르카의 어머니가 미소를 지었다. 나는 더욱 빨개졌다. 추위가 우리를 덮쳤다. 걸으면서 우리의 노래를 반복해서 불렀고 우린 거기에 도취했다. 단어들은 우리 입 앞에서 작은 수증기로 응결되었다가 추위 속으로 흩어졌다. 이따금 차들이 더럽혀진 눈덩이를 튀기면서 우리를 스쳐 지나갔다. 차 안으로 운전자들의 모습이 보였는데 난방을 최고치로 올리고도 방한 의류 속에 파묻혀 있었다. 그 모습에 우리는 까닭 없이 웃음을 터뜨렸다.

다리에 이르렀다. 마르카가 갑자기 한복판에 멈춰 섰다. 발 아래로 강물이 얼음 밑에서 숨죽이듯 조용히 흘러갔다.

"너 제프와 제레미가 떠난 날 생각나? 엄마가 오셨을 때 우린 그때 정확히 이 장소에 있었어. 그때 뭔가 말하려고 했잖아. 그게 뭐였어?"

마르카는 내 허를 찔렀다. 다시 한 번 나는 머릿속까지 빨개졌고 한심하게 횡설수설했다.

"난…… 난 모르겠는데. 잊어버렸어. 그건…… 그건 틀림없이 별로 중요한 얘기가 아니었을 거야."

이런, 내가 따귀를 벌지 싶었다. 그런데 마르카의 손이 내 손을 꼭 쥐었다.

"분명히 그렇지 않았는데."

차 한 대가 지나가자 눈이 부셨다. 마르카는 내 입술 가장자리에 짧은 키스를 남기고 어둠 속으로 달려갔다.

"내일 봐, 오스카!"

그녀는 달려갔다.

"내일 봐, 오스카! 진짜 훌륭해, 우리 노래 말이야! 난 밤새
도록 우리 노래를 생각할 거야."

다리 끝에서 그녀는 다시 한 번 소리쳤다.

나는 내 입술에 그녀 입술의 추억을 간직한 채 안갯속을 떠
다니는 기분이었다. 그건 강물 위에 넓게 퍼진 안개 너울만큼
이나 가볍고 아련했다.

28

"안녕 필리핀!"

마르카가 저 멀리서부터 나를 보자마자 소리쳤다.

나는 어리둥절해서 그녀를 바라보았다.

"너 어제 우리 필리핀 게임 한 거 기억 안 나? 우리 둘이 동시에 '그곳에'라고 했을 때 말이야. 내가 이겼으니까 내 소원이 이뤄질 거야."

짐짓 태연스레, 그녀에게 소원이 무엇인지 물어보았다.

"비밀이야, 오스카! 내가 그걸 밝히면 절대 이뤄지지 않을 테니까."

그녀는 야릇한 미소를 띤 채 나를 바라보았다. 그 순간 나는 그녀의 소원이 나의 것과 같다는 걸 확신하게 되었다.

"근데 말이야."

그녀가 말을 이었다.

"내가 어제 집에 가면서 생각한 건데, 우리 노래, 그거 둘이 부르면 더 나을 것 같아. 듀엣으로."

갑자기 그 야릇한 미소가 소원과 관계된 것이라는 확신이 약해졌다.

"너, 나더러 노래하라는 거야? 난 꽥꽥대는 오리 목소리잖아. 사람들이 도널드라고 할걸."

그녀는 괴로운 표정을 지었다.

"넌 어떨 때 정말 답답하더라! 단 5분 만이라도 네가 하는 것이 모두 꽝이라는 생각 그만둘 수 없어? 너 그거 은근히 즐기는 거 같아! 꽥꽥 오리 목소리고 아무것도 할 줄 모르고 잘하는 게 아무것도 없고, 어쩌고저쩌고……. 이 곡은 우리가 함께 쓴 거야. 그러니까 같이 부르든지 아니면 아예 부르지 않든지 둘 중 하나야."

창고에 도착하자마자, 그녀는 기타를 조율했다.

"이건 이렇게 시작했어……."

그녀는 노래하기 시작했고, 나는 잠시 망설이다가 낮은 목소리로 따라 들어갔다. 마르카는 몇 소절 뒤에서 노래를 멈추고 내가 다음 절까지 혼자 부르도록 한 다음 나와 함께 다시 불렀다. 우린 반복하고 또 반복했다. 할 때마다 가다듬어 서로 어울린다는 느낌이 들 때까지.

기타 위로 고개를 숙인 마르카는 저음부를 찾느라 여념이 없었다. 그녀의 모습이라고는 머리카락밖에 볼 수 없었지만 거기에 빛이 반사되고 있었다. 나는 전날 밤에 그녀가 한 키스를 다시 생각해 보았다. 아까 만났을 때, 그녀는 아무 일 없었던 듯이 행동했다. 안녕, 오스카, 친구 사이에 하는 가벼운 포옹, 엉뚱한 필리핀 게임 이야기 그리고 다른 화제. 나는 어제 일이 꿈이 아닌지 자문해 보았다.

이해할 수 없었다. 사랑, 그건 상당히 복잡한 것이었다. 다른 사람이라면 쉽게 통과할 곳에서 출구를 찾아 헤매는 미로랄까.

★ ★ ★
29

2월

제레미가 그곳에 간 지 53일째 되었다.

형이 부모님께 보낸 편지는 세 통이었다. 그걸 읽으면 형이 무슨 바캉스 클럽에 가 있다는 생각이 들 정도였다. 하지만 내 컴퓨터로 이메일이 와 있었다.

안녕, 오스카.

여긴 밤 열한 시가 조금 넘었다. 집은 지금 오전 열 시겠구나. 하지만 여기가 하루 더 빠르지. 내가 무슨 말 하는지 알겠지? 나는 지금 컴퓨터실이 빈 틈을 타서 자리를 차지했어. 다시 한 번 당부하지만 이건 초극비 사항이니까 부모님껜 절대 얘기하지 마라. 널 믿는다. 내가 여기 온 지 곧 두 달이 되는데 내가 꿈꾸는 건 오직 한 가지다. 여기서 벌어지는 모든 엿 같은 상황에서 벗어나는 것.

3일 전부터 우리는 북쪽 구역 중 하나에 있는 모든 집을 빠짐없이 수색하고 있어. 반군들이 은신하고 있는 것 같으니까. '임무:열다섯 살 이상 된 남자는 모두 연행해서 심문할 것.' 말이야 쉽지. 여기서는 주민증을 가진 사람이 없고 가진 경우에도 그걸 꽁꽁 숨겨. 성인들이야 간단해. 알아볼 수 있으니까. 하지만 젊은이들 경우엔 누가 열다섯 살 이상인지 알 도리가 있어? 결국 대대장은 150센티미터를 넘는 사람은 모두 연행하라고 명령했지. 우리는 열두세 살로밖에 보이지 않는 아이들도 험비에 태워 끌고 왔어. 어머니들은 울부짖으며 아이들에게 매달리지. 개머리판으로 그들을 떼어 놓을 수밖에 없어.

우리가 그 지옥을 막 벗어나는가 싶었을 때 대여섯 살 먹은 꼬마, 틀림없이 우리가 연행한 아이의 동생일 텐데, 그 꼬마가 우리에게 돌을 던졌지 뭐냐. 나쁜 의도랄 게 전혀 없는데, 대대장은 만약 봐주면 십 년 후에는 그 애가 통제할 수 없게 될 거라는 거야. 그래서 대대장이 그 애의 따귀를 갈겼는데 어찌나 세게 갈겼던지 그 애가 뒷걸음질하다가 자갈밭에 쓰러졌어.

여기선 애들이 대단해. 우리 나라에서보다 한층 더. 장담하건대, 만약 이 사람들에게 힘이 있었다면 우린 지금쯤 모두 죽었을 거야. 그들의 눈 속에서 증오를 읽을 수 있었어. 그 생각을 하면 사지가 다 떨린다.

우리는 수색 나갈 때 막연한 두려움에 휩싸이곤 해. 어리석은 짓이겠지만, 나는 마치 부적처럼 네가 준 엠피스리에 매달리지. 누구나 죽을 수 있다는 걸 알지만 내 생각에는, 엠피스리를 주머니 속에 따뜻하게 품고 있으면 살아 돌아올 수 있을 것 같다. 어리석지, 안 그래? 하지만 대대장이 그 꼬마의 따귀를 힘껏 갈기는 것을 보고 나서는 또 다른 두려움에 배가 꼬이는 것 같아. 그건 내가 평생 후회하게 될 일을 하도록 언젠가 명령이 떨어질 것이라는 거야. 하지만 더 나쁜 건 내가 명령을 거부할 용기가 없다는 걸 나 자신이 벌써 알고 있다는 사실이야. 그건 내가 군대에 와서 배운 것과 반대되기도 하고.

아직까지 나는 사람에게 방아쇠를 당길 일은 없었어. 어차피 하게 되는 날이 오겠지만 미리 생각하지 않기로 했다. 어쩌면 곧, 어쩌면 내일……

문밖에서 인기척 소리가 들린다. 이만 마칠게.

오늘도 무사히.

J.

✶✶✶
30

3월

우리가 연주에 몰두하고 있던 금요일 저녁에 사라가 창고에 뛰어들어 왔다. 그 애는 화난 사람처럼 씩씩거리며 곧장 마르카에게 다가갔다.

"경고하는데, 마르카, 지금 당장 내 앞에서 공연을 하지 않으면 나는 죽을 때까지 너에게 한마디도 안 할 거야. 너희 둘은 아마 일생의 절반을 여기 갇혀 지내게 될 거고, 그 결과가 어떻게 될지는 아무도 장담 못 해. 그리고 너희가 여기서 하고 있는 것도 문제야. 무엇보다 우선 니들이 키스하려고 만나지 않는다는 증거를 내놔 봐, 응?"

나는 얼굴을 붉혔는데 마르카는 웃음을 터뜨렸다.

"그건 말이야, 귀염둥이 아가씨, 그대가 참견할 일이 아닌데."

사라는 늘 그랬다. 걸핏하면 흥분해서 호들갑을 떨었고 투덜댔다. 그 애는 마르카와 한날한시에 같은 산부인과에서 태어났다. 그것이 둘 사이를 이어 주었다. 하지만 마르카와 내가 거의 매일 만난 후부터 그 애는 우리에게 노골적으로 질투를 드러냈다.

"어쨌든, 아주 간단해."

사라는 계속 떠들어 댔다.

"난 연주를 듣기 전에는 여기서 한 발짝도 나가지 않을 거야. 단식투쟁을 할 용의도 있어."

"됐어, 됐어! 좋아! 소원이라면 들려줄게."

마르카는 기타의 조율을 확인했다.

"넌 최초 공연을 관람할 영광을 얻은 거야. 근데 누구의 공연이라고 하지?"

마르카가 나를 바라보았다. 그녀도 나도 여태까지 그룹 이름을 갖는다는 생각을 하지 못했다.

"음, 마르카와 오스카. 괜찮지 않아?"

나는 우리 둘의 이름이 연결되는 걸 원했다.

"엄청, 엄청 후지다!"

사라가 소리쳤다.

"왜 족보를 전부 갖다 붙이지그래? 음, 너희한테 어울리는 건, 그건…… 그건 M&O야! 어때? 괜찮지, M&O! 단순하고 또 보기에도 좋잖아! 포스터에서도 근사할 거야."

사라는 창고 한가운데 서서 소리쳤다.

"신사 숙녀 여러분, 이제 세계 최초로, 여러분에게 M&O를 소개하는 바입니다!"

마르카는 혼자서 〈그곳에〉의 도입부 화음을 하나씩 들려주었다. 나는 넷째 소절에서 베이스로 들어갔고 우리가 같이 노래하기 시작했을 때 사라는 벽에 기댄 채 눈을 감고 있었다. 그 자세가 아주 좋았다! 그 애가 나를 쳐다보지 않기를 바랐기 때문이다. 사라는 늘 나를 불편하게 했다. 나는 그 애 앞에서는 고양이 발톱에 걸린 생쥐처럼 정신이 없었다.

★★★
31

우리 둘의 목소리는 섞였고 서로 화답했다. 청중은 비록 한 사람뿐이었지만 그건 우리 자신이 아닌 다른 사람을 위해 연주한 첫 번째 공연이었고 우린 꽤 잘 해낸 것 같았다. 마지막 소절, 마지막 화음에 이르렀고…… 사라가 눈을 떴다. 눈동자가 반짝거렸다.

"대단해, 너희 노래! 그건…… 난…… 난 진짜 좋아. 가슴이 떨려. 마치 내 마음속 깊은 곳에 있는 어떤 것을 갑자기 알게 된 기분이랄까?"

그 애는 눈물을 훔쳤다. 사라는 항상 연기를 하는 것 같은 연극적인 면이 있다. 하지만 지금은 꼭 그런 것만은 아니었다. 걔네 오빠는 제레미와 제프보다 몇 달 앞서 그곳으로 떠났고 아직도 그곳에 있었다. 그 애는 우리가 무얼 말하는지 알고 있었다.

"너희가 이 곡을 만들었다는 게 정말 놀라워."

"넌 우리가 이걸 만들었을 리 없다고 생각하는 거야?"

"그 말이 아니야! 단지…… 보통은 아무도 이런 걸 적절한 말로 표현하지 못한다는 거지. 너무 내면적인 거니까. 하지만 너네 둘은 그걸 해냈어."

그 애는 다시 한 번 눈가를 닦았다. 하지만 이번엔 약간 과장이었다.

"네 말에 완전 동감이다, 사라."

등 뒤에서 불쑥 어떤 목소리가 들렸다.

"훌륭한 노래를 만들었구나, 정말로……."

"아빠, 거기 계셨어요? 그러니까 제 말은 처음부터?"

"그래, 처음부터. 내가 문 뒤에서 엿듣는 성격은 아니지만 이번 경우는……."

절뚝대는 다리를 무릅쓰고 벽에 기름때 낀 손자국을 남기면서 아빠는 사라와 나란히 바닥에 앉았다.

"앙코르 해야 하는 것 아니야?"

아빠는 사라를 바라보며 제안했다. 두 사람은 손뼉을 치면서 열광한 사람들처럼 큰 소리로 "앙코르! 앙코르!" 하고 외쳤다.

그리고 유종의 미라고 해야 할까, 엄마까지 깜짝 놀란 표정으로 달려왔다.

"아니, 여기 뭔 일 났어?"

나는 쥐구멍이라도 찾고 싶었다. 하지만 마르카가 내 의견은 묻지도 않고 도입부를 시작했고 우리는 처음부터 끝까지 다시 연주했다.

　"이 노래, 정말 정말 좋다. 진짜 좋아! 그러니까 이제 너희는 다른 곡들도 많이 써야 해. 그리고 청중 앞에서 공연하는 거야. 다른 건 전혀 신경 쓰지 마. 모든 가수한테는 매니저가 있잖아. 오늘부터는 내가 매니저야."

　사라가 떠나면서 말했다.

　나는 그게 썩 좋은 생각인지 확신이 서지 않았다.

32

며칠 뒤 야콥슨 선생님이 수학 공식 증명에 한창일 때 수위가 교실로 달려왔다. 선생님은 그를 잠시 검문하듯 살펴본 뒤 그가 건넨 메모를 폈다. 그리고 조용히 읽더니 마치 우리를 쳐다보는 것을 주저하는 듯 잠시 고개를 들지 않았다. 죽음 같은 정적이 교실을 덮쳤고 나는 겁에 질려 멍하니 꼼짝도 할 수 없었다.

"마르카와 오스카! 교장 선생님이 부르신다."

선생님의 목소리가 떨렸다. 몇 주 전 마이클이 이런 식으로 호출된 적이 있었다. 그 애 부모님이 교장실에서 기다리고 있었고 거기서 그는 자기 형의 죽음을 알게 되었다. 그곳에서 적의 함정에 빠져 살해된 것이다. 그때 이후로 나는 될 수 있으면 그를 얼간이 취급하는 것을 삼갔다. 비록 속으로는 그렇게 생각할지라도.

예순 개의 눈동자가 우리를 복도까지 뒤쫓았다.

"혹시 그들한테 무슨 일이 일어났다고 말하려는 거 아닐까?"

마르카가 속삭였다.

그녀는 무서울 정도로 창백했다. 내 상태도 별로 다르지 않았을 것이다. 무슨 일이 일어났다……. 이 엿 같은 단어들이 텅 빈 방 안에서처럼 내 머릿속에 메아리치고 있었다. 거기에 나를 떠나지 않는 고통스러운 반복 어구가 따라왔다. 제레미가 죽었다! 제레미가 죽었다!

"아니야. 그럴 리 없어. 그런 걸 왜 교장이 말하겠어."

마르카의 손이 내 손을 꼭 쥐었다.

"하지만 마이클 말이야, 걔네 부모님이 거기 계셨잖아. 교장실에서 기다리고 계셨대."

제레미가 죽었다! 나는 있는 힘을 다해 그 단어들과 싸워보려 했지만 허사였다. 그 독이 내 몸 안에 퍼지면서 신체의 가장 작은 부분까지도 침투해 들어왔다. 교장실 문은 열려 있었다.

"들어와, 들어와라! 앉아."

교장은 들어오라는 손짓을 했다. 웃는 듯한 표정이었다. 부모님은 거기 없었다. 최악의 소식은 아닌 거다. 그것만 아니라면 나머지는 무엇이든 상관없었다. 아직 휘청거리는 다리로 나는 엄청나게 큰 소파에 엉덩이 끝을 걸쳤고 마르카는 다른 소파에 털썩 주저앉았다. 교장은 잠시 우리를 번갈아 바라보더니 말을 꺼냈다.

"작은 도시에서는 소문이 빨리 퍼지는 법이다. 작은 도시의 작은 고등학교라면 두말할 것도 없고."

나는 교장이 무슨 말을 하려는지 알 수 없었다.

"누가 이걸 썼는지 알고 있니?"

교장은 우리에게 종이 한 장을 내밀었다. 한눈에 〈그곳에〉의 가사임을 알 수 있었다. 그게 어디서 났을까? 이틀 전, 사라는 우리를 학교 친구들, 그러니까 친한 친구들 앞에서 노래하게 하려고 그럴싸하게 말한 적이 있다. '너희의 공식 데뷔 공연'이라나. 가사의 출처는 그 애일 수밖에 없었다. 그리고 누군가가 옮겨 적었을 테고…….

"네, 저희예요. 오스카와 저요."

작년에 교장은 대통령 재선을 위한 지역 후원회를 주관했다.(교장은 청중들에게 외쳤다. "훌륭한 인물입니다. 자신의 신념에 자부심이 있고 책임감이 있는 인물입니다!") 그런데 〈그곳에〉의 가사는 그 방향과 맞지 않으니……. 교장이 자유와 민주주의 그리고 인류 전체의 안녕을 위해 우리 형제들이 거기서 싸울 필요성에 대해 일장 훈계를 늘어놓는다 해도 그건 그녀의 자유였고, 솔직히 신경 쓰고 싶지 않았다. 호출이 제레미와는 관계없다는 걸 안 이상 아무래도 상관없었다.

144

"난 아직 이 노래를 들어 보지 못했다."

교장이 말을 이었다.

"하지만 아이들이 이야기하는 건 조금 들었어. 그리고 눈앞에 있는 이걸로도 충분해."

확신컨대, 우린 이제 꾸지람을 들어야 할 거다! 교장이 나를 쳐다보았는데 입술에 가벼운 미소를 띠고 있었다.

"오스카, 내가 보기에 넌 나를 구식 애국파 할망구로 생각하는 것 같은데. 그렇지 않니?"

마르카는 터져 나오려는 웃음을 참았고 나는 얼굴이 붉어졌다.

"그런데 할망구가 이 가사에 깊은 감동을 받았단다. 그리고 나만 그런 게 아니야! 너희 노래는 훌륭해."

꿈에도 생각지 못한 일이었다. 마르카는 배시시 웃으며 잘 견디고 있었지만 나는 소파의 가죽이 엉덩이에 달라붙을 지경이었다. 나는 교장의 시선을 피해 보려고 손바닥을 청바지에 문질러 닦았다.

교장은 계속 말을 이었다.

"알다시피…… 학기 말에 장기 자랑의 밤이 있잖아. 이번 행사는 2주 후에 열릴 거야. 나는 너희가 거기 참가하는 것에 대찬성이다. 아니, 너희는 선택권이 없어. 이미 등록한 거야!"

"어떻게 됐어?"

우리를 보자마자 사라가 물었다.

"잘된 거야? 교장이 좋대? 장기 자랑의 밤에 나오래?"

"교장한테 가사를 넘긴 게 바로 너냐?"

"내가 아니면 누구겠냐? 당연히 나지. 난 잘될 줄 알았어. 아무렴!"

그 애는 흥분한 어린애처럼 손뼉을 쳤다.

"교장이 우리를 혼냈다면?"

"난 니들 매니저야. 그래, 안 그래? 그 정도 위험은 감수할 줄 알아야지!"

"이번 일에서 네가 신중했다고 할 수 없어. 너 때문에 엄청 겁먹은 건 말할 것도 없고."

마르카가 뽀로통한 말투로 대꾸했다.

사라는 그녀가 씩씩대며 멀어져 가는 모습을 바라보았다.

✭★✭
33

3월, 73일째 되는 날

안녕, 오스카.

방금 제프 만나고 오는 길이다. 기지에서 우연히 마주쳤어. 나는 걔
네 부대가 오래전에 북쪽, 그러니까 사람들이 포트 버그라고 하지만
원래는 포브 버드라는 매력적인 이름을 가진 곳('포브'란 작전 전초
기지를 말해)으로 떠난 줄 알고 있었어. 그런데 사실은 그동안 자기 부
대원들과 함께 여기 있었다는 거야. 그 이유는 아무도 모르고 제프 말
로는 부사관들도 알지 못한대. 하지만 이번엔, 확실히, 걔네 부대가 내
일 떠난다는 것 같아.

걘 나보다 더 힘이 빠져 있다. 도착한 다음 날부터 지금까지 아무
것도 한 게 없다고 생각해 봐라. 단 한 번도 밖에 나간 적이 없다니까!

상상할 수 있는 최악이지. 진짜 고문이라고 해야 하나? 여기서는 일부러 수색조로 나가려고 다투는 일도 있어. 곳곳에 위험이 도사리고 있는데도 말이야. 어떤 것도 기지 안의 지긋지긋한 지루함보다는 낫다는 거지. 목숨을 거는 것까지도!

우린 만난 김에 고향 얘기도 하고 다른 얘기들도 했어. 네 여자 친구 (넌 마침내 개와 키스하는 데 성공했겠지?)가 너희가 우리에 관한 멋진 노래를 만들었다고 제프에게 말했다더라. 그리고 학교 애들 전체가 모인 자리에서 곧 공연을 한다고. 그렇게 해서 이름을 알려 가는 거지. 다행히도 개가 제프에게 소식을 알려 주는구나. 반대로 너만 믿고 있었다간……

나는 네가 그 노래를 즉각 보낼 것을 명령하는 바이다. 특히 제프와 내가 주인공이라면 말이야! 그리고 네가 부자가 되고 유명해지면 나도 내 몫을 청구할 거다.

우리가 'D급' 수색에 다시 투입된다는 소문이 있어. 그건 최악으로, 안전구역 바깥의 고위험 수색이야. 최고로 위험한 곳이지. 뒤통수에도 눈을 다는 게 필요한 그런 지역이야. 지금까지 지휘관들은 별말이 없지만 시간문제일 것 같다. 익명의 제보가 있었는데 민가에 무기가 감춰져 있다는 거야. 쉽지 않은 작전이 될 것 같다.

이런 얘기는 절대 부모님께 해서는 안 된다.

레옹한테서는 소식이 없구나. 혹시 개네 부모님 만난 적 있니?

오늘도 무사히.

J.

148

나는 곧바로 우리 노래의 가사를 제레미에게 보냈고 형의 이메일은 이전에 도착했던 것들과 함께 저장해 두었다.

　유일한 걱정은 어느 날 부모님이 이걸 보게 되는 것이다. 컴퓨터 쪽은 두 분 모두 별로였지만 어쨌든 만약에 대비해서 제렘이 보낸 모든 이메일에 비밀번호를 걸어 컴퓨터 깊숙이 저장해 두었다.

34

장기 자랑의 밤까지 사흘밖에 남지 않았다.

마르카와 나는 새 노래를 완성하느라 분주했다. 우리의 아
이디어는 제레미와 제프가 부모님께 보낸 편지들, 즉 모든 것
이 순조롭다고 말하는 편지로 시작하는 거였다.

저는 잘 지내고 있어요, 아들이 썼죠. 걱정하지 마요, 여기
사람들은 우리를 해방자로 환영하고 있고요, 저는 곧 집으로
돌아갈 거예요.

'저는 곧 돌아갈 거예요.' 이것이 후렴구였다.

엄마는 텔레비전을 보았죠. 사막의 적갈색 먼지와 부서진

집들이 보였죠. 자동화기의 찰칵 소리가 들렸죠. 엄마는 답장을 썼죠. 나는 네가 거짓말하는 거 안다, 하지만 꼭 살아 있어야 한다, 조심하거라. 오늘도 무사히.

'오늘도 무사히.' 이 표현은 노래 제목으로 사용하기로 했다.
"이 곡을 무대에 올릴 만큼 완성하진 못할 거야."
마르카는 종일 그 말을 되풀이했다.
그건 사라를 고려하지 않은 말이었다. 사라는 누가 시키지도 않은 매니저 역할에 정말 열성적이었다.
"너흰 분명히 완성할 수 있을 거야! 그래야만 해! 청중들에게 신곡의 즐거움을 뺏는 건 말도 안 돼."
사랑스러운 우리의 매니저, 그녀는 한 가지를 잊고 있었는데, 지금 현재 우리에겐 두 곡밖에 없고 청중은 하나도 없다는 사실이다!

✯✯✯ 35

3월 31일, 86일째 되는 날

'긴급'이란 단어가 내 편지함에 붉은색으로 떴다.

오스카.

제프네 부대가 주둔한 기지가 오늘 아침 반군의 습격을 받았다는 소
문이 돌고 있다. 자살 테러, 사람들은 그거라고 말하고 있어. 폭약을
가득 실은 트럭이 바리케이드를 부수고 들어갔을 거다. 아마 거긴 끔
찍한 도살장이나 다름없을 거야. 개새끼들! 여기선, 아무도 정확한 상
황을 모르고, 안다고 해도 입을 꼭 다물고 있어.

확실한 건, 헬기들이 종일 수십 명의 부상자를 실어 날랐다는 거야.
점쟁이가 아니어도 상황이 심각하다는 건 알 수 있지. 내가 이걸 쓰고

있는 순간에도 헬기들이 북쪽으로 날아가고 앰뷸런스들이 사망자와 부상자들을 실어 나르기 위해 대기하고 있어.

나는 조종사, 간호병 그리고 무사한 상태로 내리는 사람은 죄다 붙들고 물어봤어. 제프를 아는지, 걔 소식을 아는지, 생환자 명단을 볼 수 있는지…… 그들에게 내 병역 카드를 보여 주면서까지.

하지만 그들은 아무것도 말할 수 없거나 말하고 싶어 하지 않았어.

명령은 명령이니까! 오늘 포브 버그에서 일어난 일의 조사와 공식 발표가 있을 때까진 통신 두절일 것 같다. 따라서 나는 아직 아무것도 모르고 있어. 하지만 어쩌면 마르카는 알고 있을지 모른다는 생각이 든다. 제프가 이메일을 보낼 수 있었다면…… 네가 요령껏 한번 알아봐라.

오늘도 무사히.

J.

두 번째 이메일이 첫 번째에 이어 바로 도착했다.

아니야, 알아보려고 하지 마라. 제프네 식구들을 걱정하게 해서 좋을 게 없어. 제기랄! 너한테 뭘 말해야 할지, 뭘 해야 할지도 모르겠다.

그냥 네가 알아서 해라. 알아서 하고 빨리 답장해라! 널 믿는다.

우린 모두 신경이 극도로 날카로워져 있다.

오늘도 무사히.

J.

★★★
36

"너 어디 나가는 거야?"

엄마가 놀라서 물었다.

저녁 식사를 마친 지 한참 지난 시간이었다. 대답을 하지
않은 채 나는 파카를 걸치고 다리 쪽으로 달려갔다. 테러, 폭
탄, 사망자, 부상자……. 어디를 가든 제레미가 쓴 단어들이
뿌연 안갯속에서 나를 옥죄고 있었다. 마치 미로의 문인 양
그것들에 부딪히고 있다는 느낌을 받았다. 마르카네 집 쪽으
로 달려갔지만 무슨 말을 해야 할지 전혀 감이 오지 않았다.

열흘 전쯤부터 강물이 다시 흘렀다. 매년 봄, 강물은 장관을
연출했다. 얼음층은 물의 압력을 받아 말 그대로 폭발했고, 한
두 주가량 강물은 급류가 되어 엄청난 얼음 덩어리를 전속력
으로 쓸고 내려가면서 교각에 부딪쳐 둔탁하고 거대한 소음

을 만들어 냈다.

내가 갑자기 멈춰 선 곳은 마르카의 집에서 백 미터도 떨어
지지 않은 곳이었다. 자동차 한 대가 집 앞에 주차해 있었다.
군복 차림의 운전병이 탄 군용 차량이었다. 얼마 전에도 마이
클의 가족이 비슷한 방문을 받은 적이 있었다. 2월의 어느 날,
한 장교가 마이클의 형, 스탄의 사망 소식을 알리러 종군 사
제와 함께 왔다. 군 사령부와 대통령은 가족의 슬픔에 조의를
전했고 스탄은 추서 유공훈장을 받기로 되어 있었다. 관은 냉
동 트럭에 실려 2주 후에 도착했고 훈장은 우편으로 발송되
었다.

나는 발소리를 죽이고 다가갔다. 운전병은 스무 살이 채 되
지 않아 보였고 추위 때문에 자동차 시동을 켜 놓고 엘비스
프레슬리의 오래된 노래를 듣고 있었다. 제렘과 제프는 그곳
에서 위험을 무릅쓰고 있는데 이 친구는 너무 편안하게 지내
고 있는 거 아냐! 그는 나를 발견하자 차창을 내렸다.

"무슨 볼일이라도 있는 거야?"

나는 고개를 저었다.

"아니, 단지, 그러니까……. 제프 때문에 온 건지 알고 싶어
서."

그는 의심스러운 눈초리로 나를 바라보았다.

"너, 가족이야?"

"아니, 친구. 제프와 그 여동생의 친구."

"그렇다면, 너한텐 말해 줄 수 없어."

"그는…… 그는 죽었어?"

"너한테 말해 줄 수 없다니까."

우겨 봤자 소용없다는 것을 확인시키려는 듯, 그는 차창을 올리고 음악 볼륨을 높였다. 나는 불빛이 심장처럼 떨리고 있는 가로등 아래 몸을 숨겼다. 운전병이 담뱃불을 붙이러 나왔다. 그는 담배 연기를 몇 번 내뿜은 다음 내게로 다가왔다.

"너 이해가 안 되나 본데, 내가 말했다시피 이건 너하고 상관없는 일이야!"

"여기 있는 건 내 자유야. 안 그래?"

그때 마르카의 집 문이 불쑥 열렸다. 챙 달린 모자를 쓴 장교의 그림자가 눈에 들어왔고, 운전병은 급히 담뱃불을 밟아 껐다. 대단히 경직된 자세의 그 장교는 마르카의 엄마에게 인사한 다음 차 안으로 들어갔다. 자동차의 미등이 길 저쪽으로 사라졌고 나는 겁에 질린 채 그곳에 서 있었다. 몇 걸음 떨어진 곳에서 마르카와 그녀의 엄마가 울고 있었다. 머리 위로는 가로등이 경보를 울리려는 것처럼 깜박거렸다. 모녀가 현관문을 닫고 들어가려던 찰나에 마르카가 나를 발견했다. 그녀는 나에게 뛰어왔고 두 팔로 내 어깨에 매달렸다. 나는 눈물로 범벅된 그녀의 뺨이 내 뺨에 달라붙는 것을 느꼈다.

"오스카! 오스카! 제프가……."

그녀에게 해 줄 수 있는 말이 갑자기 사라져 버렸다. 다리는 휘청거리고 머리는 텅 빈 채 나는 마르카를 힘껏 껴안았다. 그녀를 삼켜 버리는 이 아찔한 심연으로 그녀가 빨려 들어가지 않게 붙들려는 것처럼. 그녀는 목이 멜 정도로 흐느껴 울었다.

"제프가! 오빠 다리가! 트럭이 폭발했대."

숨을 헐떡이며 그녀가 나에게 소식을 들려주었다. 제레미가 이메일에서 말한 위장 트럭이 돌진했을 때 제프는 보초를 서고 있었다. 그의 두 다리에 온통 불이 붙었다. 그는 거기에서 입원했고, 생명에는 지장이 없지만, 다리의 상태는 아직 좀 더 지켜봐야 했다. 장교는 절단하자고 말했지만 의사들은 조금 더 기다려 보고 결정하자는 입장이었다. 현재로서 본국 송환은 불가능했다. '부인, 그건 귀하의 아들이 여행을 감당할 상태가 될 때 할 것입니다. 지금으로서는 언제라고 말씀드릴 수 없고 나중에 직접 알려 드리겠습니다.'

나는 마르카가 한 말에 매달렸다. 생명엔 지장이 없다! 그렇다면 제프가 죽지 않았다는 말이다! 그가 살아 있다는 것이다.

"내 말 잘 들어, 마르카. 제프는 살아 있다잖아! 그는 돌아올 거고 넌 그를 볼 수 있어."

그녀의 입술이 내 입술에 겹쳐졌다. 소금 맛이 났다. 우리는 꼭 붙어서 서로 부둥켜안고 울다가 웃다가 했다. 그날은 분명 적당한 날이 아닌데 왜 우리가 그날에야 비로소 키스를 하게 됐는지 알지 못한 채.

　나는 마르카, 그리고 그녀의 어머니와 함께 나머지 저녁 시간을 보냈다. 우리 대화의 절반 정도는 "제프가 돌아오면……."으로 시작되었다. 마르카는 탁자 아래로 내 손을 부서질 듯 꽉 움켜쥐었다.

　그녀는 나를 다리까지 배웅했고 우리는 다시 또다시 입을 맞추었다. 교각들이 급류에 떠내려가던 얼음덩어리의 충격으로 흔들리고 있었다.

　"이상해, 그렇지?"

　그녀가 말했다. 노래할 때처럼 쉰 목소리였다.

　"나는 제프를 생각하고 우리 둘도 생각해. 나는 슬프기도 하고 기쁘기도 해. 묘하게 뒤죽박죽 섞인 것 같아."

　나는 마르카의 머리카락에 얼굴을 파묻었다. 나도 마르카처럼, 지금 일어난 일이 잘 이해가 되지 않았다. 하지만 그건 별로 중요하지 않았다.

37

집에 돌아왔을 때는 자정이 조금 넘어 있었다. 아빠의 작업
장 말고는 모든 불이 꺼져 있었다. 트랜지스터라디오에서 나
직이 흘러나오는 컨트리 음악 너머로 연장 소리가 들렸다. 아
빠가 그토록 늦게까지 일하는 것은 본 적이 없었다. 추위에도
불구하고 반쯤 열려 있는 문을 통해 안을 힐끗 들여다보았다.
아빠는 손 닿는 곳에 연장들을 가지런히 늘어놓은 채 구형 시
보레 임팔라 아래에 누워 있었다. 아빠에게 말을 건네기가 망
설여졌는데 그건 제프 때문이기도 하고 또 오늘 저녁에 일어
난 일들을 마음속에 간직하고 싶었기 때문이기도 했다. 어쨌
든, 교장 선생님 말이 맞을 거다. 여기서는 결국 모든 것이 소
문나게 마련이고 내일부터는 모든 사람이 알게 될 것이다. 지
역 신문 기자들은 마이클 형의 경우처럼 기사를 써 댈 것이고

며칠 동안 사람들은 제프의 부상에 관한 얘기만 하면서 다음 번은 누가 될지 수군거릴 것이다.

발걸음을 막 옮기려는데 "오스카!" 하고 부르는 목소리가 들렸다.

아빠는 육감—그가 특전대 소속일 때 길렀을—으로 내가 거기에 있다는 걸 알아차렸다. 아빠는 임팔라 아래서 빠져나와, 불편한 다리로 단번에 우뚝 섰다. 굉장한 기술이었다. 아빠의 시선이 나를 압도했다.

"제프한테 무슨 일이 일어난 거냐?"

짧은 순간 아빠가 어떻게 알았을까 생각해 보았다. 하지만 아빠는 내게 더 생각할 겨를을 주지 않았다.

"말해 봐."

"자살 테러가, 트럭으로…… 다리를 다쳤고 앞으로 어떻게 될지는 아직 잘 모르고……."

아빠의 다리를 보고 나는 갑자기 말을 멈췄다. 그러고는 단숨에 내뱉었다.

"절단해야 할지."

다시 한 번 나는 아빠가 어떻게 알았을까 생각해 보았다. 나는 아무 말도 하지 않은 채 집 밖으로 나갔었다. 제렘의 이메일을 읽은 뒤 도둑처럼 쏜살같이 빠져나간 것이다.

"네가 컴퓨터를 켜 놨더라."

내 마음을 읽기라도 한 듯 아빠가 말했다.

"제레미가 보낸 이메일이 화면에 떠 있더구나. 근데 너 왜 우리한테 아무 말도 안 했니?"

"우선 마르카를 만나 보려고 했어요."

"그 말이 아니야. 그동안 제레미가 네게 이메일을 보냈다는 걸 왜 말하지 않았느냐는 거야."

"형이 보낸 게 이번이 처음이에요."

"처음?"

아빠의 시선은 나를 놓아 주지 않았다. 나는 얼굴이 빨개진 채 고개를 끄덕였고 아빠는 다시 임팔라 아래로 미끄러져 들어갔다.

38

'넌 개 손을 잡고 강으로 가서, 일단 다리 위에 이르면 개와 키스하는 거야. 그보다 더 낭만적인 장소는 없어…….'

새벽 두 시경 아빠가 뒤틀린 다리를 끄는 소리가 들려왔다. 아빠는 그때까지 작업장에 있다가 돌아오는 참이었다. 밖에서는 강물이 요란하게 흐르고 얼음덩어리가 다리에 부딪치며 부서졌다. 제레미의 비법을 쓸 필요도 없이 나는 마르카와 사랑에 빠졌다.

잠을 청하기에는 너무 많은 생각이 뇌리를 맴돌았다.

저녁에 일어난 일들을 다시 생각해 보니 온몸에 전율이 일었다. 마르카와 키스했을 때 났던 짭조름한 맛과 머리카락 냄새가 제프의 피투성이 다리 모습과 뒤섞였다. 죄책감 같은 게 느껴졌다. 왜 그가 부상당하고 나서야 우리는 서로의 품속으로 달려갔던 걸까? 만약 그 일이 아니었으면 마르카가 나를 껴안았을까? 모든 것이 아주 복잡하게 뒤얽혔다.

할머니의 소설책들은 여전히 그 자리에 있었다. 할머니는 소설책을 상자 가득 남겨 두고 집으로 가셨는데 아빠는 그중 몇몇을 넘겨보더니 그날로 버리려고 했다.

"근데 어머니는 대체 어쩌다 이런 바보 같은 책들에 빠지신 거야?"

이유는 잘 모르겠지만 나는 그 책들을 내 침대 밑에 숨겨서 가까스로 구해 냈다. 우연히 손에 잡힌 첫 번째 책을 뒤적였다. 『밤의 연인들』이란 책의 아무 페이지나 펼쳤다.

"레니……."

그가 중얼거렸다.

"오, 레니, 제발."

그녀는 그가 열정과 초조함이 가득한 몸짓으로 자기를 껴안으면서 자신을 바라보는 것을 알아차렸다. 그녀는 자신의 살갗에 남자의 입술이 닿자 몸을 떨었고 그를 밀쳐 내는 것을 포기했다.

"아, 안 돼, 존!"

그녀는 체념한 채 말했다.

솔직히 아빠 말이 맞다. 할머니의 책들에서는 이야기가 현

실에서보다 훨씬 단순하다. 그리고 내가 진짜 궁금한 것은 남
자 주인공들의 이름이 왜 하나같이 존인가 하는 것이다.

39

교장이 교장실에서 우리를 기다리고 있었다.

"결정권은 네게 있어. 네가 포기한다고 해도 나는 전적으로 이해해. 하지만 내가 말하고 싶은 건, 형이나 오빠가 거기 가 있는 모든 학생이 이 노래를 듣고 싶어 할 거라는 거야. 이 노래는 그들을 위해 만들어진 거니까."

교장은 마르카를 보며 말했다.

마르카는 대답이 없었다. 얼굴은 수척했고 눈동자는 약간 풀려 있었다.

장기 자랑의 밤은 내일 열리기로 되어 있었고 교장실에는 아래쪽에 큰 글씨로 우리 이름이 쓰여 있는 포스터가 쌓여 있었다. M&O. 사라가 말한 것처럼 '시각적으로 디자인 된' 이름이었다. 축제 준비 위원회 책임자는 우리가 맨 마지막에 등장

하는 것으로 결정했다. '피날레를 감동의 순간으로 수놓기 위해…….'

하지만 아무도 제프의 부상을 예견하진 못했을 것이다.

"하겠습니다."

마르카가 침묵을 깨고 결심을 밝혔다.

제프가 부상당한 이후로 마르카는 노래할 때처럼 허스키한 목소리를 냈다. 마치 영원히 베일에 싸인 듯이.

★ ★ ★
40

4월

아련한 안개 속에서처럼, 교장이 우리를 호명하고 청중이 열광적으로 손뼉치는 소리를 들었다. 청중 대부분은 우리와 안면 정도만 있을 뿐이고 우리가 부르려는 노래에 대해서는 전혀 알지 못했다. 하지만 사라가 공연장 분위기를 띄웠고 학생들도 거의 빠진 사람이 없었다. 나는 음 하나도 제대로 못 내고 오리처럼 꽥꽥거리게 될까 봐 와락 겁이 났다. 억지로라도 나 자신을 무대로 밀어 올려야 할 것 같았다.

"마르카, 난 못할 것 같아."

나는 숨을 몰아쉬며 말했다.

하지만 그녀는 내 말을 못 들은 척하면서 마치 학교 가려고 하지 않는 아이를 잡아끄는 것처럼 내 손을 잡고 무대 위로 나아갔다. 나는 스포트라이트 속에서 눈을 깜빡였다. 불빛이 너무 강렬했고 거기에서 뿜어져 나오는 열기가 보통이 아니었다. 불빛 너울 너머로 약간 흐릿한 객석을 가늠해 보았다. 사람이 미어터진다, 우리가 무대에 오르기 직전에 사라가 말했다. 나는 그 애의 말을 확인해 보지 않기로 했다. 회색빛 실루엣들이 열을 지어 마치 유령처럼 발아래서 떠다니고 있었다.

"둘, 셋, 넷……."

마르카가 작은 소리로 말했다.

그녀는 도입부를 연주했고 나는 예정대로 넷째 소절부터 들어갔다. 사실 내가 어떻게 하고 있는지도 몰랐다. 하지만 반복하고 또 반복했기 때문에 나는 자동 장치처럼 움직였다. 정신이 반쯤 나간 상태였지만 꽤 잘 해낸 것 같았다. 우리는 정확하게 연주했고 목소리는 잘 다듬어져 있었다. 나머지는……. 내 귀는 가볍게 윙윙 울렸고 손가락은 기타 지판에 들러붙어 끈적거렸다.

〈그곳에〉의 마지막 소절에 이르렀다. 마침내…… 끝에 온 것이다. 마르카의 목소리가 내 목소리를 뒤덮었는데 평소보다 더 탁하고 우울했다. 반복된 연습 탓에 목소리가 변형된 건 아닐 텐데. 나는 이런 음색에는 익숙하지 않았다. 어쨌든 거기까진 별문제가 없었다. 그런데 그때 갑자기 고음으로 치고 올라가는 마르카의 목소리가 들려왔다. 마치 절대 다시 내려오지 않기로 결심한 듯했다. 패닉이었다. 이건 예정에 없었다. 이건! 나는 난파한 사람이 부표에 매달리듯 베이스 기타에 달라붙었고 끝없이 올라가는 그 목소리에 같이 휩쓸렸다. 나는 직감으로 그녀의 판단이 옳았다는 것을 느꼈다. 마치 그녀는 오늘 밤 이 노래를 끝내기 위해 부르는 것 같았다. 우리를 여기로부터 아주 멀리 그곳으로, 우리의 형제들을 만나러, 데리고 가기 위해서.

그녀가 옳았다.

단, 마르카가 새로운 것을 시도한 것이 하필 그 순간이었다는 것만 제외하면.

또 내가 마지막 순간에 그녀의 즉흥 연주를 따라가지 못할까 봐 땀을 줄줄 흘린 것을 제외하면.

또 만약 그녀가 카스타피오레(『땡땡의 모험』 시리즈에 나오는 유명한 오페라 가수 : 옮긴이) 식으로 계속하다간 우리는 청중 앞에서 멋지게 실패할 거라는 것을 제외하면.

나는 마르카가 어떻게 했는지 알지 못했다. 하지만 그녀는 결국 땅으로 내려왔고 나도 함께 능숙하게 착지했다. 그녀의 마지막 화음은 나의 마지막 베이스 음과 어우러져 공(청동이나 놋쇠로 만든 원반형 타악기 : 옮긴이) 소리처럼 울려 퍼졌다.

침묵이 이어졌고 나는 당황스러웠다. 스피커의 가르랑대는 소리가 들릴 뿐 청중은 꼼짝도 하지 않았다. 그제야 나는 우리가 대략 실패했음을 깨달았다. 우리는 그것도 모르고 이리저리 우왕좌왕했던 것이다. M&O의 데뷔 공연은 바로 고별 공연이 될 것이다. 완벽한 실패!

그때 갑자기 천둥처럼 박수가 터져 나왔다. 우레와 같은 박수가 조명 너머 몇 걸음 떨어진 곳에서 들려왔다. 청중들은 자기 농구팀이 득점했을 때처럼 고함을 질러 댔다. 나는 올빼미처럼 눈을 껌뻑이며 마르카를 좇았지만 고약한 스포트라이트에 눈이 부셔 그녀를 찾지 못했다. 손 하나가 내 손을 잡고 무대 앞쪽으로 몇 걸음 이끌었다. 마르카였다. 우리가 인사를 했을 때 내 심장은 콩닥콩닥 뛰었다. 박수갈채와 환호가 그치지 않았고 우리보다 앞서서 공연한 그룹들보다 훨씬 더 오래 지속되었다. 열기와 함께 대략 그 사실만은 알아차릴 수 있었다. 오로지 우리를 위해 손바닥을 그토록 혹사하는 박수 소리를 듣는 것, 그건 약간 거북하고 상당히 불안했다. 하지만 결국은 기분 좋은 것이었다. 마르카는 내 손을 더 세게 쥐었고 우리는 인형들처럼 다시 한 번 꾸벅 인사했다.

나는 눈을 가늘게 떴다. 심장이 쿵쾅거렸고 표정은 완전 바보 같은 웃음을 짓느라 일그러졌다. 뿌연 조명 뒤에서 나는 희미하게 엄마를 알아보았고 그 옆에는 아빠도 서 있었다. 아빠는 큼지막한 손으로 힘껏 박수를 보내고 있었다. 형 생각이 났다. 제기랄! 제레미, 만약 형이 이걸 봤다면, 이 소리를 들었다면, 아마 눈과 귀를 의심했겠지…….

"감사합니다. 감사합니다."

마르카가 말했다.

나는 그때 나도 함께 말해야 한다는 생각조차 하지 못했다.

"감사합니다."

마르카가 내 손을 놓지 않은 채 되풀이했다.

"우리는 이 노래를 우리의 형제들, 제레미와 그저께 부상당한 제프를 위해 만들었습니다."

그녀는 나를 깜짝 놀라게 했다. 목소리는 약간 떨렸지만 그녀는 이런 일을 평생 해 온 것 같은 능숙한 인상을 주었다.

어떤 사람이 소리쳤다.

"오늘도 무사히! 오늘도 무사히!"

사라가 꾸민 일이었다! 어느 누구도 우리가 이 노래를 만들었다는 사실을 알지 못했다. 어느 누구도 그 제목을 알지 못했다. 그게 무슨 노래인지도 모르면서 청중들도 함께 따라 외쳤다.

"오늘도 무사히! 오늘도 무사히!"

하지만 이번엔, 마음이 다소 편안했다. 완벽주의자 마르카는 청중들에게 아직 완성 단계가 아니며, 만족스러운 상태가 되려면 최소한 30만 번은 연습해야 하므로 내년에 할 수밖에 없다고 말할 테니까. 예고라고나 할까.

그런데 그때 귓가에 스치는 말이, 〈오늘도 무사히〉를 연주하자는, 그렇지만 평소보다는 조금 느리게 하자는 것이었다.

"잘 안 될 텐데."

하지만 그녀는 특유의 엷은 미소를 지으며 듀엣으로 넘어갈 때 특히 템포 변화에 신경 쓰라고 덧붙였다. 마치 내 말은 없었던 양.

더는 선택의 여지가 없었다. 도망칠 시간조차 없었다.

"둘, 셋, 넷……."

마르카가 낮은 목소리로 헤아렸다.

나는 몇 발자국 뒤로 물러났다. 눈부신 조명을 피할 곳을 찾아. 그리고 물에 뛰어드는 심정으로 베이스 기타의 넥을 쥐었다.

★ ★ ★
41

113일째

안녕, 오스카.

장기 자랑의 밤 사진을 보니 굉장한데! 분위기 장난 아니었겠다. 너와 너의 귀여운 여친, 너희는 성공의 길에 접어든 것 같다. 느낌이 와. 근데 여기 있는 우리는 그렇지 못한 것 같다.

제프 소식은 끔찍할 만큼 충격적이었어. 트럭만 보면 그 생각이 난다. 최근에는 이런 공격이 잦아지면서 우린 밤낮없이 경계 상태에 있어. 나는 걔가 어디에 입원했는지 알아보려고 했지만 실패했어. 부사관들은 우리가 부상자를 방문하는 것은 원치 않아. 장병들의 사기에 이롭지 않다는 거겠지. 어쩌면 불과 몇 걸음 안 되는 곳에 있을지도 모르는데 말이야!

이 엿 같은 소식을 전해 들은 다음 날, 전에 너한테 말한 'D급' 수색 작전이 개시되었어. 우리는 제보자가 무기나 폭약 같은 것을 담은 상자를 발견했다고 말한 곳으로 갔어. 빈민가였지. 날씨가 몹시 더운데다 사막에서 바람까지 불어와 더 힘들었다.

처음엔 모든 게 순조로웠어. 주민들은 꽤 협조적이었고 우리는 별일 없을 거라고 생각했지. 긴장을 늦추지 말았어야 했는데. 사실 주민들은 우리한테 신경 쓰지 않아. 그들에게 우린 없는 거나 다름없어. 우리가 그들 곁으로 슬그머니 지나가도 고개조차 돌리지 않아. 마치 투명 인간이라는 듯이. 그들과 우리는 같은 세상에 살고 있지 않다는 인상을 받게 돼.

어쨌든 우리가 판자 더미 아래 숨겨진 칼리쉬니코프 소총(구소련을 대표한 일명 AK 소총 : 옮긴이) 두 자루를 발견하기 전까지는 아무 일 없었어. 거긴 어떤 노인의 집이었는데 그의 가족들도 함께 살고 있었어. 그들은 무슨 일이 일어나는지 보려고 말없이 우리 곁에 모여 있었어. 우린 극도의 긴장 상태가 되었지. 불필요한 말 한마디, 무례한 동작 하나가 이런 상황에서는 걷잡을 수 없는 사태로 번져 가니까. 중위는 노인을 다그쳐 무기들의 출처가 어딘지, 무기로 뭘 하려 했는지 등을 알아내려고 했지. 그 늙은이는 썩은 이빨을 드러낸 채 웃고 있었어. 중위 따윈 아랑곳하지 않는다는 듯.

화가 난 중위는 개머리판으로 그의 배를 한 번 쳤어. 그러자 그자가 쓰러졌고 바로 그 순간 총성이 울리더니 중위가 갑자기 쓰러졌어. 그러면서 자동소총 사격이 이어졌어. 바로 머리 위에서 총알이 쏟아진

건 처음이었어. 모두가 벽 뒤로 몸을 숨겼지. 하지만 집 안에서 놀던 꼬마 여자아이는 피하지 못했어. 대여섯 살쯤 되었을까. 그 애는 내 눈 앞에서 총탄을 맞았어. 그 애 어머니가 울부짖으며 그 애한테 달려갔어. 끔찍했어, 오스카. 모녀는 우리에게서 불과 몇 발자국 떨어져 있었어. 엄마는 딸을 팔에 안고 있었는데, 아이가 피를 철철 흘리는데도 어찌할 도리가 없었어. 총알이 사방에서 날아오니 말이야. 아이는 말도 하지 않고 소리치지도 않았어. 그 애가 나를 바라보고 있었던 것 같아. 그 애는 엄마가 울부짖을 때 나에게 시선을 고정한 채 죽어 갔어. 하사가 지휘권을 이어받아 나한테 저격수 임무를 수행하라고 재촉했어. 총알은 길 건너편의 작은 벽 구멍에서 나오고 있었어. 구멍이 아주 작았기 때문에 상대편 저격수는 매번 사격할 때마다 고개를 조금 내밀어야 했지.

나는 배운 대로 했어. 표적을 염두에 두지 않고 총을 받친 다음 완벽하게 침착성을 유지하고 그자가 고개를 내밀었을 때 방아쇠를 당겼어. 그는 뒤로 쓰러졌지. 그런데 사격이 계속되는 거야. 하사는 다른 자가 매복한 유리창을 가리켰어. 나는 다시 임무를 수행했지. 그리고 또…… 상황이 종료될 때까지.

우리가 마침내 이 모든 공포에서 벗어났을 때 나는 다섯 명의 '나쁜 놈들'을 쓰러뜨렸고 전우들은 내가 진정한 챔피언이라며 내 등을 토닥거렸지. 하지만 여자아이, 그 애는 죽었어. 기지로 돌아가자마자 나는 바로 배 속에 있는 걸 모두 토해 냈어.

우리가 거기서 빠져나올 수 있었던 데는 내 공이 컸던 것 같고 하사

175

는 내가 표창을 받도록 건의할 건가 봐. 상 받을 사람은 무슨 생각을 하고 있는지도 모르면서.

빌어먹을! 난 다리를 놓아야 하는데 말이야, 난!

그만 마친다. 아무렇지 않은 듯 시치미 떼고 등 뒤로 지나가는 사람들이 신경 쓰인다. 부사관들은 우리가 지나치게 의문을 품는 것을 싫어하고 그래서 나는 편집증 환자가 되는 것 같다.

레옹에게서는 소식이 없다. 걘 도대체 뭘 하고 있는 거지?

오늘도 무사히.

J.

"다른 메일들도 내봐 봐, 오스카."

나는 의자에서 벌떡 일어났다. 아빠는 언제부터 거기 계셨을까? 내 등 뒤에서 어깨너머로 제레미의 메일을 읽으면서.

아빠가 들어오는 소리를 듣지 못했다니. 아빠는 소리 없이 계단을 올라올 수 있었던 것이다. 성하지 않은 다리로. 대단하다. 나는 할 말을 잊은 채 잠시 멍하니 서 있었다.

"다른 메일들도 이것처럼 끔찍하냐?"

아빠가 다시 말했다.

나는 고개를 저었다.

"부모님께 비밀로 하라고 제레미가 부탁했어요. 걱정 끼쳐 드리기 싫다고."

"아빠한텐 보여 줘."

176

"하지만 형과 약속했는데……."

"이제 내가 알아 버렸잖니. 감춘다고 달라질 게 있어?"

하나하나, 나는 컴퓨터 깊숙이 숨겨 놨던 이메일들을 열었다. 아빠는 내 의자에 털썩 주저앉아 기름때 묻은 손으로 마우스를 클릭했다. 그리고 말 한마디 없이 제레미가 처음부터 내게 보낸 이메일들을 전부 읽어 내려갔다. 시간이 오래 걸렸다. 아빠는 그걸 모두 외우려는 듯 단어 하나하나를 철저히 음미했다.

"엄마한텐 말하지 마라."

아빠가 일어서며 당부했다.

아빠의 눈이 빛나고 있었다. 아빠는 그 말만 하고 방에서 나갔다. 나는 아빠가 굴러떨어지지 않기 위해 두 손으로 난간을 붙잡고서 계단을 하나하나 내려가는 소리를 들었다.

엄마한텐 말하지 말라고! 아빠가 이런 충고를 하리라는 건 충분히 예상할 수 있었다. 이제 가족 안에 비밀이 하나 더 생긴 것뿐이다.

42

몇 주 후, 학교에 가려고 집을 나서는데 경찰차 두 대가 사이렌을 요란하게 울리며 교차로 쪽으로 달려왔다.

차들은 레옹의 부모님이 사는 집 앞에 급정거했다. 사복 차림의 네 사람이 카우보이처럼 문을 쾅 닫으면서 차에서 내렸고 전투복을 입은 다른 두 명은 지프에서 뛰어내렸다. 그들은 디 나르도 씨 집의 문을 힘껏 두드리기 시작했다. 레옹의 어머니는 창문 너머에서 겁에 질린 표정으로 그들을 바라보았다. 전투복 차림의 두 사람은 그녀에게 문을 열라고 고함쳤다. 열지 않으면 박차고 들어갈 기세였다. 그들은 'MP', 즉 '헌병'이라는 완장을 두르고 있었다. 다른 자들은 연방수사국 요원으로 중대한 일에만 출동하는 사람들이었다. 대부분 시간을 차에 치인 개들을 처리하는 데 보내는 이 도시의 형사들과는 다른 차원의 사람들이었다.

문이 반쯤 열리자 그들은 집 안으로 뛰어 들어갔다. 몇 사람이 구경하고 있었는데, 그때 시경 소속 형사들이 도착했다.

"애들아, 여기 있으면 안 돼. 뒤로 물러나. 학교 갈 시간이잖아!"

그들은 곤봉을 들이대며 우리를 물러나게 하려고 했다. 하지만 우리 도시 같은 작은 곳에서는 형사들이 거칠게 나가지 않는다. 우리는 그들의 이름을 불렀으며 그들이 우리를 부를 때도 마찬가지였다. 그들은 결국 조용해졌고 우리는 더 나르도 씨 집에서 벌어지는 일을 마치 영화를 관람하듯 구경하기 위해 거기에 머물렀다.

레옹의 아버지는 조금 늦게 도착했다. 그가 자신의 에스코트를 몰고 느긋하게 도착했을 때 소란은 이미 시작된 상태였다. 그는 날마다 차의 계기판에 몇 킬로미터를 보태기 위해 드라이브를 했는데 마침 첫 번째 드라이브를 마치고 돌아오던 참이었다. 몇 발짝 가지 않아서 연방수사국 요원이 그를 붙들고 신분증 제시를 요구했다. 그는 우선 그자들이 자신에게 무엇을 원하는지 알아보기 위해 얘기를 나눠 보려고 했다.

막 휴가를 마치고 돌아온 듯 검게 그을린 키 큰 사람이 그에게 설명했다.

레옹이 소속 부대의 소집에 불응한 지 열흘이 지났다고 했다. 작전과 무관하게 휴식 기간 중 사라졌다는 거다.

"그렇다면, 선생, 가능성은 두 가지입니다. 선생의 아들이 어떤 집단에 납치되었다면 곧 그 사실이 드러날 것이고, 그렇지 않다면 그가 탈영했다는 것입니다. 두 가지 모두 바람직한 상태는 아닙니다."

그동안 다른 자들은 집 안을 샅샅이 뒤지고 있었다. 그들은 장롱에 있는 걸 모조리 끄집어냈고 서랍들을 뒤집었으며 매트리스 아래까지 들쑤셨다. 소리가 하도 요란해서 마치 링 위에서 프로 레슬링 대결이 막 시작된 것 같았다.

그들은 집 안을 난장판으로 만들어 놓고 한 시간 좀 못 되어 떠났다. 그들은 레옹이 군대 간 후부터 보내왔던 편지들을 가져갔으며 레옹의 어머니는 울음을 터뜨렸다.

나는 그날 밤 제레미에게 이메일을 보내면서 그 일에 관해서는 한마디도 하지 않았다.

다음 날, 레옹 아버지의 에스코트는 기네스북에 오를 기회를 영영 잃어버렸다. 도시를 벗어나는 지점에서 세 번이나 구른 것이다. 어떻게 그렇게 곧게 쭉 뻗은 길에서 그런 일이 일어났는지 모두 불가사의하게 여겼다. 본인조차도. 사람들은 그가 불탄 자동차로부터 몇 걸음 떨어진 곳에서 눈물을 흘리고 있는 모습을 보았다. 부상은 갈비뼈가 몇 개 부러진 정도였다.

39만 5천 킬로미터, 기네스북에 오르기엔 충분치 않았다.

180

43

"음악, 상당히 멋진 일이지. 하지만 오스카, 네가 나중에까지 할 수 있는 일을 생각해 봐야 할 것 같은데. 이건 중요한 얘기야. 네가 나중에 비참하게 살면 안 되잖아."

완전한 문장을 만들어서 말하는 것은 아빠의 성미에 맞지 않았다. 하지만 아빠는 평소 이상의 실력을 발휘했다.

그건 마르카와 나의 연주를 들으러 왔던 그 여자 때문이었다. 그 일로 아빠는 불안해했다. 그녀의 이름은 마리(Marie)였는데 '프랑스식으로 끝이 ie'라고 전화 통화에서 밝혔다. 음반 사에서 일한다는데 들어 보지 못한 곳이었다. 장기 자랑의 밤이 열린 날 자기 사촌 집에 들른 길에 그녀는 사촌을 따라 심심풀이로 거기에 왔던 것이다. 그날 우리의 연주가 마음에 들어 우리를 만나고 싶다는 것이었다.

아무도 그 이상은 몰랐고 아빠가 신경을 곤두세울 만도 했다. 그렇다고 해도 아빠 말을 따르긴 어려웠다.

"우리 노래가 훌륭하다고 아빠도 얘기하셨잖아요!"

"그럴 순 있다. 하지만 그렇다고 자신을 롤링 스톤스라고 생각하는 건……."

록 음악, 그건 그에게는 자동차와 같았다. 아빠는 특히 구식 전문가였다.

"우린 누구 행세를 하는 게 아니에요. 마르카와 내 연주를 그 여자가 직접 들어 보려는 것뿐이에요. 그 이상은 아니라고요. 문제 될 게 없잖아요."

"그 여잔 너희를 뿅 가게 할 거라고! 거기에 문제가 있어. 장기 자랑의 밤에서 박수를 받는다고 스타가 되는 건 아냐."

'뿅 가게 하다', 그건 할머니가 잘 쓰는 표현이었다! 아빠는 그런 식의 말을 할 사람이 아니었다. 나는 어깨를 으쓱했다.

"어쨌든, 전 고물차 밑바닥에서 일생을 보내는 것보다는 롤링 스톤스라고 착각하고 사는 편이 더 나아요."

내가 따귀를 맞지 않은 것은 아빠의 다리 덕분이었다. 그는 뒤로 물러나서 욕을 내뱉으며 가까스로 몸을 추슬렀다. 우리는 적대적인 눈초리로 서로를 바라보며 말없이 서 있었다. 두 명의 바보들처럼. 나는 눈을 내리깔기 전에 잠깐 그걸 견뎠다. 지금까지 불가피한 경우를 제외하면 아빠와 나 사이에 거의 문제가 없었는데 왜 내가 그런 말을 쏘아붙였는지 스스로

182

도 이해가 가지 않았다. 아빠는 뭐라고 중얼거리면서 어깨를 으쓱했는데 그건 '멍청한 놈'이란 말이었다. 그러고 나서 그는 작업장의 단골인 마르티네즈 씨의 토네이도 밑으로 들어가려고 자리를 떴다.

"이런 모습은 보고 있기가 힘들구나."

엄마가 소리를 죽여 말했다.

"넌 아마 모르겠지만, 프랭크에게는 그게 쉽지 않았을……."

"아뇨. 나도 알아요. 베트남, 부상 그리고 다른 것도 전부 다……."

엄마는 놀라 휘둥그레진 눈으로 나를 쳐다보았다. 하지만 더 얘기할 시간이 없었다. '우리를 뿅 가게 할 여자'가 마르카와 함께 도착했기 때문이다.

여자는 나이가 있어 보였다. 수수한 옷차림의 평범한 30대 여성이었다. 아빠는 거기서부터 틀렸다. 아빠는 머리카락을 시뻘겋게 물들이고 코와 귀에는 거름망처럼 여기저기 피어싱을 한 첨단 펑크스타일의 드센 여자를 상상했던 것이다. '그 바닥은 다 그래. 그게 그들의 트레이드 마크야!'

마르카가 소개를 했다. 나는 물론 어쩔 줄 몰라 했고 횡설수설했으며 한 번 더 왕멍청이처럼 행동했다.

마리는 우리가 악기를 조율하는 동안 창고 구석에 앉아 있었다.

"뭘 연주할까요?"

"전부, 전부 다."

그녀가 말했다.

"아직 완성되지 않은 곡도요? 리바이벌도요?"

"그래. 전부 다."

우리는 두 개의 신곡을 예비로 가지고 있었다. 그중 하나는 제프의 부상에 관한 노래인데 편지 형식으로, 우리는 그가 그립고 그를 기다린다는 내용이었다. 제목은 간단히 〈제프〉였다. 다른 한 곡의 제목은 〈모래 먼지〉였다. 텔레비전에서 반복적으로 내보내는 영상을 노래로 만들었는데 반쯤 부서진 도시, 사람들로 아수라장이 된 파헤쳐진 도로, 테러로 검은 연기가 피어오르는 폐허, 검게 탄 자동차들, 부상자들의 피투성이 얼굴, 그리고 모래 회오리를 일으키며 끝없이 불어 대는 바람에 관한 이야기였다. 그리고 후렴구는 광고 문구들을 인용하는 것으로 대신했다.

우리는 상당히 긴장한 채로 연주하기 시작했다. 연주에 집중한 탓에 마리가 있다는 사실조차 잊을 정도였다. 우린 제목만 말하면서 여러 곡을 계속 연주했다. 마리는 아무 말도 하지 않았지만 우리에게서 눈을 떼지 않았다.

"흥미로워."

그녀는 동의한다는 표정으로 말했다.

"정말로. 독창성이 있어. 몇 군데는 다시 손봐야겠지만."

흥미롭다! 독창성! 다시 손본다……. 실망스러웠다. 나는

184

그녀가 '천재적이다.'라고 소리치거나, 아니면 당장에 세기의 음반을 취입하고 당연히 월드 투어를 제안할 것으로 예상했다. 완전히 빗나갔다. 그녀는 우리가 작업하는 방식에 대해 많은 질문을 했고 우리에게 특히 다른 사람들의 말에 영향을 받지 말라고 당부했다. 우리가 미심쩍었던 것은 과연 그녀가 실무 책임자였는가 하는 것인데 그녀는 일어서면서 자기 명함을 내밀었다.

"열두 곡 정도 노래가 만들어지면 전화해요, 이 번호로."

그녀는 번호에 펜으로 동그라미를 쳤다.

"그러면 어떻게 되는 건가요?"

마르카가 물었다.

"내가 다시 들으러 올 거예요."

그녀는 함박웃음을 지으며 말했다.

그녀는 더 이상 말하지 않고 문을 나섰다. 배웅하러 가면서 우리는 아빠의 작업장 앞을 지나갔는데 그녀는 힐끗 보더니 갑자기 멈췄다.

"실례지만…… 저기 있는 차, 토네이도 맞나요?"

아빠가 자동차 아래에서 빠져나왔다. 손에 기름때를 잔뜩 묻힌 채.

"빙고! 78년식 토네이도 모델 XS죠."

"우리 부모님도 같은 차가 있었거든요."

"당연히 그럴 수 있어요. 많이 팔렸거든요. 그 당시 미시간

공장에서 시간당 120대를 만들었어요, 밤낮으로. 그러니까 분명……."

마리는 차 주위를 돌아보았다.

"타 봐도 될까요?"

아빠가 고개를 끄덕이자 마리는 운전석으로 들어가 핸들을 잡았다.

"원하면 시동을 걸어 봐도 돼요."

아빠는 그녀에게 키를 건넸고, 그녀는 시동을 걸더니 입가에 가벼운 미소를 띤 채 잠깐 앉아 있었다. 부르릉거리는 엔진 소리를 들으면서.

"제가 어렸을 때 들었던 바로 그 소리네요. 할머니는 반대편 끝, 동부 연안에 사셨는데 거기 가려면 끝도 없이 차를 몰아야 했죠."

"좋은 엔진이었어요."

아빠가 동의했다.

마리는 시동을 껐다.

"감사합니다. 덕분에 아주 즐거웠어요. 안녕히 계세요."

그녀는 기름때를 개의치 않고 아빠와 악수를 나누었다.

"괜찮은 처녀인 것 같다."

아빠는 마르카 쪽으로 고개를 돌렸다.

"지금 너희가 헤어지기 쉽지 않을 걸 알지만, 내가 오스카한테 특별히 할 말이 있어. 단둘이서만. 네가 괜찮다면……."

마르카는 떠나기 전에 손짓을 하면서 특유의 엷은 미소를
지었다.

"이따 봐, 오스카."

난, 아빠가 무슨 말을 하려는지 조금 짐작이 갔다.

★★★
44

아빠는 마르티네즈 씨 자동차의 보닛에 엉덩이를 기댄 채
말했다.

"네 엄마가 그러던데, 네가 말했다고. 아까, 그러니까 토네
이도 양이 도착하기 바로 전에."

아빠는 엄마를 '네 엄마'라는 말 말고 달리 불러 본 적이 없
었다. 마치 엄마는 이름이 없다는 듯. 아빠가 대답을 기다리는
게 보였지만 질문을 한 것은 아니어서 나는 아빠의 다음 말을
기다렸다.

"그 베트남 이야기는 대체 어떻게 된 거냐? 그게 어디서 나
온 거냐고?"

아빠가 말을 이었다.

"아빠가 저보다 더 잘 아실 텐데요, 아닌가요?"

"아, 제레미가 그랬구나! 맞지? 그리고 그 프랭크 오닐, 나와 이름이 같다는 포트 캐롤라이나의 그 빌어먹을 저격수한테서 나온 얘기지? 너희 아주 그걸 가지고 영화를 찍은 거구나. 그런 거야?"

"아빠가 말한 그 '빌어먹을 저격수', 그는 아빠와 이름만 같진 않아요. 아빠였잖아요. 아빠잖아요."

아빠는 잠깐 망설였다. 균형을 잡으려고 하는 줄타기 곡예사처럼.

"꼭 그런 건 아니다, 오스카."

그는 낮은 목소리로 말했다.

"꼭 그런 건…… 그는 나보다 훨씬 더 젊은 청년이었어. 그러니까 당시에 성한 두 다리가 있었고 자신을 스스로 영웅이라고 자부하던 젊은이였는데 그건 오직 한 가지, 표적의 중심에 열 발을 연속으로 명중시킬 수 있다는 이유 때문이었다. 하지만 그 프랭크 오닐은 사람의 머리에 실제 방아쇠를 당겨야 했던 그날 사라지고 말았어."

아빠는 한참 말을 잇지 못했다.

"저번 날 저녁 제레미의 이메일, 당시라면 아마 나도 그렇게 썼을 거다. 거의 같은 내용으로."

"왜 여태까지 한마디도 안 했어요? 왜 한 번도 말하지 않았냐고요."

아빠는 손을 들어 얼굴에 댔고, 얼굴에 기름때 자국이 났다.

"내 아이들이 자기 아버지가 수십 명의 가엾은 사람들을 죽였다는 사실을 알아서 좋을 게 없다고 생각했다. 전시이긴 했지만 나는 늘 내가 살인자가 아닌지 나 자신에게 물어보았다. 나는 비록 영웅적이지 않더라도 자동차 밑에서 기어 다니는 수리공의 모습이 더 좋다. 하지만 네 말도 맞다. 만약 내가 말했더라면 아마 제레미가 이런 일에 말려들지 않았을 수도 있었겠지. 모르겠다."

멀리, 고속도로 위로 자동차들이 지나가는 소리가 들렸다.

"우린 아빠 앨범의 사진들을 봤어요. 모르고 계셨어요?"

"그런 것 같긴 했지만 특별히 신경 쓰지 않았어. 평소와 다른 곳에 있길래 내가 그냥 잘못 끼워 놓았나 보다 했지."

"어느 날, 아빠가 그걸 보고 계셨는데 제가 갑자기 다가간 적이 있었어요. 그때 통지서들이 바닥에 떨어졌어요. 그건 기억하세요?"

아빠가 고개를 끄덕였다.

"그래서 전부 다 뒤져 봤니? 다 봤어?"

"네, 빠짐없이 처음부터."

"그 사진도……?"

아빠는 말을 끝맺을 필요가 없었다. 나는 아빠가 어떤 사진을 말하는지 알고 있었다. 베트남인의 피투성이 얼굴과 아빠의 웃음이 다시 떠올랐다.

"네, 그 사진도요."

190

"자랑할 만한 일이 못 되지, 안 그래? 나는 수백 번이나 이 더러운 것을 찢어 불 속에 던져 버려야 한다고 다짐했지만 실행에 옮길 수 없었다. 이상한 감상에 젖어서. 그 사진은 말이지…… 그자를 생포한 날, 우리는 그가 스티브의 등에 총을 쏘아 죽였다고 확신했다. 그가 틀림없다고 확신했지. 그때 우린 반쯤 미친 상태였어. 실은 우리가 그 사람을 유독 심하게 다룬 것은 적의 함정에 빠지고 나서 생포한 첫 포로였기 때문이야. 우리도 그걸 알고 있었지만 당시에는 누구도 그걸 인정하려 하지 않았어."

"우린 스티브의 사진도 봤어요."

아빠는 미소를 띠는 듯했다.

"스티브. 어쩌면 오늘의 네가 있는 게 조금은 그 친구 덕분이기도 하지."

"무슨 말인지……."

"내가 말하지 않은 게 너무 많다."

아빠는 토네이도의 보닛에 기대고 있었는데 보닛이 그의 무게에 눌려 움푹 꺼졌다. 아빠는 바로 잡기 위해 금속판의 다른 쪽을 손으로 두드렸다.

"스티브, 그는 네 엄마의 오빠였어. 정확히 말하면 이복 오빠지. 그 덕분에 네 엄마와 나, 우리가 만나게 됐지. 하지만 그 사실을 그는 결코 알 수 없었지. 스티브와 나는 베트남에서 모든 걸 함께했다. 죽는 것만 빼고. 우리는 한날 한 비행기를 탔고 같은 부대에 배치되어 나란히 전투를 했어. 내가 부상당하고 나서 다시 걸을 수 있게 되자 가장 먼저 한 일이 그의 소지품을 가지고 그의 부모님을 찾아간 거였어. 스티브의 여동생인 네 엄마가 거기 있었지. 나보다 훨씬 어렸다. 그 후 나는 자주 들렀고 나중에 우리가 결혼하게 되었을 때 거기에 대해서 얘기하지 말자고 다짐했다. 우리를 가까워지게 한 것을 말하는 것은 끔찍하니까. 그건 우리가 사랑했던 사람의 죽음이었으니까. 하지만 그렇게 되었다."

나는 멍하니 아무 말도 하지 못했다. 그날, 그러니까 그의 오빠가 부상당했다는 소식을 듣게 된 그날 밤에 마르카와 키스했던 사실을 떠올렸다.

멀리서 엄마가 운전하는 중고차 특유의 엔진 소리가 들렸다. 그 차 역시 토네이도였지만 마르티네즈 씨의 차보다 더 고물이었다. 차는 덜컹거리면서 우리 집까지 놓인 군데군데 움푹 파인 도로를 오르고 있었다. 엄마는 잠시 후 집에 도착할 것이다. 내가 품었던 많은 의문 중에서 특히 궁금한 것이 하나 있었다.

"근데…… 아빠가 손을 내밀었던 그 여자, 아빠의 여자 친구였나요?"

"응, 하지만 오래가지 못했어. 그땐 여러모로 어려운 때였거든."

"무척 미인이던데요."

"그래. 그뿐 아니라 착한 여자였어."

"후회하세요?"

아빠는 잠시 머뭇거렸다.

"그랬다면 모든 게 달라졌겠지?"

"엄마, 엄마도 그걸 아세요?"

"음……."

자동차가 끽 소리를 내며 작업장 앞에 멈췄다. 몇 초 후에
엄마가 고개를 내밀었다.

"됐어? 두 사람 화해한 거야?"

"그래."

아빠가 말했다.

"우린 할 얘기가 많았어."

★★★
45

6월

아빠가 운전하는 차가 고속도로로 접어들었다. 나는 스튜
드베이커가 지나갈 때마다 사람들이 고개를 돌려 쳐다보는
것을 알 수 있었다. 그 차는 사람들의 시선을 잡아끌었다. 멍
한 시선으로 아빠 옆에 어색하게 앉은 마르카의 어머니는 가
방을 뒤져 담배를 찾았고, 나는 뒷좌석에서 마르카와 손을 꼭
붙잡고 있었다. 우리는 모두 한 가지를 생각했다. 저녁때가 되
면, 그러니까 우리가 기지로부터 돌아올 때는 제프도 함께 올
것이다.

그가 부상당한 지 9주가 흘렀고 본국으로 송환된 지도 거의
두 달이 지났지만, 알 수 없는 이유로, 그리고 국방성에 수많

은 탄원서를 보냈는데도, 마르카와 어머니는 그가 있던 군병원으로 면회 가는 것이 허락되지 않았다. 여러 번의 수술 끝에 의사들은 그의 오른쪽 다리는 살릴 수 있었지만, 다른 쪽은 절단할 수밖에 없었다.

담당 의사는 제프를 앰뷸런스에 태워 집으로 데려다 주겠다고 말했다. '제가 직접 댁까지 동행하겠습니다.' 하지만 마르카의 어머니는 혼자 힘으로 하겠다며 거절했다. '내가 늘 해왔던 것처럼.' 단지 마지막 순간에, 그녀는 도저히 운전할 수 없다는 걸 깨달았다. 그래서 아빠가 동행하겠다고 제안했다.

스튜드베이커 양쪽으로 풀들이 끝없이 물결치고 있었다. 도로는 초원을 가로질러 똑바로 나 있었다. 끝이 보이지 않는 쭉 뻗은 길이었다. 차로 달린 지 세 시간이 다 되어 가지만 우리는 차량을 열 대도 채 만나지 못했다.

멀리서 우중충한 색깔의 건물들이 조금씩 모습을 드러냈다. 아래쪽에 있는 표지판이 군사기지임을 알리고 있었다. 풀들 위로 망루가 솟아 있었다. 그 뒤로는 철조망이 둘려 있는 담이 있었다. 거대한 안테나가 하늘로 솟아 있었고 깃발이 바람에 펄럭였다.

첫 번째 검문 초소가 나타났다. 전투복 차림의 군인이 어깨에 총을 멘 채 차량을 한 바퀴 둘러보았다. 그의 군화가 아스팔트에 거칠게 부딪쳤다. 마르카의 어머니는 사령부로부터 받

195

은 편지를 그에게 내밀었다. 그는 편지를 보면서 우리 얼굴을 뚫어져라 바라보았다. 마치 우리를 가미카제 특공대로 의심하는 양. 그가 연락병에게 신호를 보내자 차단기가 올라갔다.

두 번째 초소는 백 미터 전방에 있었다. 다시 한 번 서류 검사에 이어 트렁크와 우리 짐까지 검사했다.

"검문 경계가 강화되었습니다."

하사가 설명했다.

"이유가 뭔가?"

하사는 어깨를 으쓱했다. 그의 소관이 아니었다. 그는 서류를 되돌려 주었다.

"여기서 기다리시면 사람이 나올 겁니다."

그는 아빠의 차를 살펴보았다.

"멋진 차를 타시네요!"

아빠는 고개를 끄덕이는 것으로 그쳤다. 자동차 얘기를 할 의욕이 나지 않은 것은 아마 아빠 생전 처음이었을 것이다.

나는 출발할 때부터 마르카의 손을 놓지 않았다. 하지만 그녀의 어머니가 우리를 향해 돌아봤을 때 나는 마치 뜨거운 물에 덴 듯 급히 손을 놓았다. 그녀는 빙그레 웃으며 물었다.

"괜찮아?"

마르카는 뽀로통한 표정으로 자기 엄마 눈앞에서 내 손을 다시 잡았고 그녀는 다시 빙그레 웃었다. 그녀가 담배를 또 한 대 피워 물었을 때 장교가 도착했는데 어색한 표정이 역

력했다. 그날 저녁 제프의 부상을 알리러 마르카네 집에 왔던 사람이었다. 그는 인사를 하고 아빠에게 주차할 곳을 가르쳐 준 다음 우리에게 왔다.

"몇 분 전에 조종사와 연락했습니다. 헬기가 곧 도착할 겁니다."

마르카는 자기 엄마 손을 잡기 위해 내 손을 놓았고 우리는 그 자리에 꼼짝 않고 서서 한마디도 하지 않은 채 하늘을 바라보았다. 벌레가 윙윙거리는 듯한 소리가 저 너머에서 들릴 듯 말 듯 들려왔다. 검은 점 하나가 건물들에 거의 닿을 듯이 떠올랐고 점점 크게 다가왔다. 분사구의 소음도 참을 수 없을 정도로 커졌다. 헬기는 먼지 태풍 속에서 착륙하기 전에 지상 몇 미터 위에서 몸체를 좌우로 흔들었다. 땅에 닿자 조종사는 시동을 껐고 부릉대는 모터 소리도 점점 약해졌다.

"저를 따라오시겠습니까?"

장교가 말했다.

그는 마르카와 어머니의 시선을 피했다. 모녀는 함께 앞으로 나아갔고 나는 아빠와 함께 뒤에 서 있었다. 헬기의 문이 미끄러지며 열렸을 때 날개는 아직 돌고 있었다. 나는 숨을 참았다. 몇 초 만에 우리는 헬기 내부의 희미한 빛 속에서 움직임을 포착했고 잠시 후 두 사람이 땅에 내렸다. 그들은 헬기 안에 매 놓았던 휠체어를 들어 땅에 내려놓았다. 초록색 모포가 제프의 다리를 덮고 있었다. 멀리서 보니 그는 열 살

197

쯤 더 나이 들어 보였다. 그는 눈의 초점을 잃은 채 웃었다. 마르카와 어머니는 그에게 뛰어갔고 장교는 더욱 경직된 자세로 서 있었다.

나는 아빠에게로 고개를 돌렸다. 울고 있었다. 아빠는 눈물을 감추려고 하지 않았고 눈물은 코끝에 맺힌 다음 먼지 속으로 떨어졌다.

나는 아빠를 계속 쳐다볼 엄두를 내지 못하고 고개를 돌렸다. 아빠에게 손수건도, 아무것도 건네지 않았다. 갑자기 그 커다란 덩치의 허약함을 보는 것이 거북했다. 철조망 너머로 거센 바람이 풀들을 뒤흔들고 있었고 구름은 빠른 속도로 지평선 쪽으로 움직였다.

제프와 제레미가 떠난 지 정확히 149일째 되는 날이었다.

46

수달 가족이 교각 사이로 지나갔다. 나를 보지 못한 채 내 발밑으로. 어미와 새끼들이 강가에 도달해서 줄줄이 굴 속으로 들어갔다. 밤이 내리고 있었다. 우리가 종종 집에서 맞았던 6월의 밤이었다. 공장 위로 하늘을 가르는 마른번개가 치는 후텁지근한 밤이었다. 마르카는 늦었다. 나는 그녀를 제프와 함께 상상해 보았다. 아니, 상상하지 못했다. 폭탄이 터져서 한쪽 다리를 잃은 오빠에게 뭐라고 말해야 하나? 오늘 아침, 돌아오는 길에, 나는 그의 다리를 감싼 모포를 쳐다보지 않으려고 애썼다. 하지만 내 눈은 끊임없이 그곳을 향했다. 자석처럼.

장교는 지침을 주었다. 매일 간호사가 붕대를 갈아 주러 제프에게 들를 것이며 부상 부위의 경과를 살펴보기 위해 매주

앰뷸런스가 그를 군 병원에 데리고 갈 것이다. 재활은 일단 상처가 완전히 아물면 시작한다고 했다.

나는 급하게 달려오는 소리를 듣고 몸을 돌렸다. 마르카가 내 팔 안으로 뛰어들었다. 나는 그녀의 목에 얼굴을 묻고 우리는 숨이 끊어져라 껴안았다. 그녀는 울고 있었다.

"하지만 괜찮아."

그녀는 눈물 젖은 미소를 지었다.

"괜찮아! 제프는 아주 잘 해냈어. 그것 때문에 늦었어. 우린 노랫말을 썼거든! 그는 녹초가 됐고 진통제 때문에 반쯤 멍한 상태였지만 버텨 냈어. 그는 몇 달 만에 처음으로 한 지적인 작업이라고 말하고 또 말했어. 우린 오후 내내 그 작업을 했어. 제목은 〈두 다리를 가진 사람〉이야.

그녀는 내게 종이 한 장을 내밀었다.

"자, 여기. 아마 네 맘에 들 거야."

나는 아주 작은 질투심이 말벌의 침처럼 내 몸에 박히는 것을 느꼈다. 우리의 노래는 오직 마르카와 나, 둘이서만 쓰고 싶었던 것이다.

"우린 거기에 입힐 멋진 음악을 찾아야 해. 가사는 네게 두고 나는 제프한테 갈게. 오랫동안 혼자 둘 수 없거든. 너도 이해하겠지만."

그녀는 내 입술 가장자리에 살짝 소리 내며 키스를 했다.

"음악만 생각하기다, 응?"

200

47

"헤이, M&O!"

사라가 학교 앞에서 우리를 불렀다.

"내가 매니저라는 사실을 너무 쉽게 잊어버린다는 느낌이 팍팍 오는데. 너희는 별로 신경 쓰는 것 같지도 않고 말이야!"

그녀는 비극에나 나오는 얼굴을 하고 있었다. 마르카가 코웃음을 쳤다.

"뭐가 우습다고 그래!"

사라가 노발대발했다.

"난 힘들어 죽겠는데. 학년 말 축제 프로그램을 모두 짜야 하는데 그게 얼마나 엄청난 일인지 넌 상상도 못 할 거야. 오늘이 7월 5일이니까 내일까지는 포스터가 완성돼야 해. 초반에 출연할 애들은 관객들이 항상 늦게 도착해서 자기들 공연

때는 시장터나 한가지라고 불평하지. 끝에 잡힌 애들은 사람들이 지겨워져서 아무도 들으려 하지 않는다고 말하지. 결국 아무도 만족하지 못한다는 거야. 하지만 너희는 내가 가장 아끼는 그룹이고 내 아이돌이지. 게다가 모두가 좋아하는 그룹이기도 하고!"

"하지만 아무도 우릴 알지 못해. 우린 공연이라곤 딱 한 번밖에 안 했잖아."

"음, 내가 말할 수 있는 건 사람들이 아직도 너희 얘기를 한다는 사실이야. 그 공연이 사람들에게 강한 인상을 심어 줬거든. 너네한테 선택권을 줄게. 처음이 좋아, 중간 아니면 끝 부분?"

"글쎄……. 어디가 남아 있느냐에 달렸겠지."

"와!"

사라가 흥분해서 소리쳤다.

"야, 멋지다. 그래, 맞아. 대단한 거물들! 역시 너희가 훌륭하다는 표시야. 순서 따윈 신경 안 쓰잖아! 어쨌든 난 걱정하지 않아. 너희 차례가 어디건 한마디로 열광 그 자체일 거야! 그래, 그렇다면……."

그 애는 여기저기 휘갈겨 쓴 수첩을 뒤적거렸다.

"2부 마지막에, 피날레처럼, 괜찮아? 노래는 몇 곡 할래, 다섯 곡, 열 곡?"

그녀는 대답도 기다리지 않고 결정했다.

"좋아. 다섯 곡. 그렇지 않으면 다른 애들이 불공평하다고 아우성일 테니까. 하지만 앙코르가 있을 거야. 열 곡은 해야 마칠 수 있을걸. 사람들이 너희를 좋아해. 자, 연인들이여, 이 몸은 간다. 아직 끼워 넣어야 할 그룹이 다섯이나 되거든. 가장 형편없는 그룹들인데 가장 골치 아픈 애들이야. 모두 자기들이 스타인 줄 알거든."

그 애는 수첩을 챙기면서 음흉한 미소를 머금은 눈길을 내게 보냈다.

"근데 너, 넌 마르카에게 엄청 잘해 줘야 할걸. 왜냐하면 나한테 걔는 자매나 다름없고 또 현재 걔는 사랑이 필요하거든. 알아들었어? 조만간 창고로 쳐들어갈게. 어린 양들이여, 안녕!"

그 애는 뛰어갔다.

늘 그렇지만 나는 사라의 머릿속에 무슨 생각이 들어 있는지 도무지 알 수가 없다.

★★★
48

165일째

안녕, 오스카.

너무 할 말이 많아서 어디서부터 시작해야 할지 모르겠다. 여긴 이제 엉망이고 누구도 우리가 매일 겪는 이 잔혹한 행위들을 멈추려면 어떻게 해야 하는지 알지 못해. 어디나 난장판이고 머릿속도 마찬가지야.

이 얘기들을 모두 해야 하나 망설였지만, 난 이걸 끄집어내서 누군가에게 말하는 게 필요해. 그리고 내 손이 미치는 곳에 있는 유일한 사람이 바로 너야. 이런 얘기를 하게 돼서 정말 미안하다.

5일 전에 우리 소대는 동쪽 구역으로 급파되었어. 우리가 굉장히 두려워하는 구역이지. 얼마 전에 보복 테러가 있었는데 끔찍할 정도로

204

야만적이었어. 사실이든 아니든 우리에게 정보를 넘겨준다고 의심받은 가엾은 사람들은 과격파의 손에 살아남지 못해. 우리는 그들이 개처럼 도살된 곳에서 그들의 시체를 발견하곤 했어.

그 현장은 도살장을 연상케 해. 상상할 수 없을 만큼 끔찍하지. 우리는 참수된 세 명을 보았어. 잘린 그들의 시신이 길 한가운데 널브러져 있었어. 그들의 손은 여전히 등 뒤로 묶여 있었고 머리는 먼지 속에 뒹굴고 있었어. 행인은 한 명도 없었지. 아니 우리가 아무도 보지 못했다고 해야겠지. 길거리에도 집에도. 죽음의 침묵, 구역 전체가 텅 빈 것 같았어. 늘 마찬가지야. 보복이 있을 때는 누구도 서둘러 모습을 드러내지 않아. 하지만 우리는 뒤에서 수백 개의 눈이 우리를 감시하고 있다는 것을 확신했어. 이런 비열한 분위기가 우리를 광포한 미치광이로 만드는 데다 그 무더위 속에 모기들이 윙윙거리는 소리까지 더해지니 말이야. 누군가가 가까이 가서 살펴봐야만 했어. 나는 대원들 중 유일하게 미혼인 데다 아이도 없어서 새로 온 중위가 나를 지목했지. 나는 경계 태세를 취하고 험비에서 내렸어. 내가 좋은 표적이라는 사실을 나도 알고 있었어. 어떤 저격수도 커튼 하나만 있으면 그 뒤에 숨어 나를 마치 토끼 잡듯이 쏠 수 있었지. 또 이런 역겨운 광경에 함정이 도사리고 있다는 건 말할 것도 없고. 우린 여기서 시체를 포함한 모든 것을 불신하는 법을 배우지. 길가에 죽어 있는 개도 폭탄을 감추고 있을 수 있으니까. 나는 다가갔어. 구토가 날 것 같았지. 한 걸음씩 내디딜 때마다 날벌레들이 날아올라 어지럽게 했어. 나는 이 가엾은 자들 중 한 사람을 검사하고 발끝으로 뒤집어 본 다음 대원들에게 접근해도 된다는 신호를 보냈지.

우리는 땀으로 흠뻑 젖었어. 팽팽한 줄을 당긴 것처럼 극도로 긴장한 상태에서 아랫배에 잔뜩 힘을 주고 손가락은 방아쇠에 얹은 채 조금의 움직임이라도 있으면 당길 준비를 했지. 그때 우리는 나지막한 무선전화 소리를 들었던 것 같은데 어디서 나오는지 모르는 그 작은 소리는 일종의 위협처럼 느껴졌어. 바로 그 순간에 크리스가 정신이 나갔어. 그 소리가 그를 돌게 한 거지. 그는 미친 사람처럼 울부짖기 시작하더니 마치 축구공인 양 시신들의 머리를 걷어찼어. 세 명이 달려들어 겨우 그를 진정시킬 수 있었지. 하지만 그의 울부짖음은 최악이었어. 그는 참을 수 없는 고통을 느꼈던 것 같아.

부대에 복귀한 후 우리는 그를 의무대에 데리고 갔지. 그는 몸을 부들부들 떨면서 아이처럼 울었는데 그 후 아무도 그를 본 사람이 없어. 군대는 '정신이상자'를 부상자보다 더 감추려고 하니까. 머리가 돈 한 사람은 수십 명을 혼란스럽게 하거든. 그 증거로 같은 날 저녁 마틴이 집으로 송환될 기대에 자기 발에 총을 쐈어. 대원들이 미쳐 가는 것 같아.

심리치료사가 방문해서 우리가 겪었던 일을 털어놓고 싶은지 물어보더라. 그렇게 하는 게 우리에게 이롭고 우리가 여기에서 하는 일과 모든 걱정을 분명히 직시하는 데 도움이 될 거라고 했어. 스탄은 그에게 말하기를, 우리에게 정말로 필요한 유일한 것은 집에 돌아가는 것이라고 했어.

하지만 심리치료사 말이 틀리진 않아. 난 이 모든 역겨운 일들을 너한테 얘기해야 했으니까 말이야. 오스카, 다시 한 번 미안하다. 하지만 지금은 네가 유일한 버팀목이야.

어쨌든 이런 상태를 더 지속할 수 없어. 나는 여기서 일어나는 일들을 더는 견딜 수 없을 것 같다. 아니면 나도 크리스나 마틴처럼 머리가 돌아 버리든가.

이런 공황 상태에서도 어쩌면 좋은 소식이 있을 것 같다. 그런 게 너무 드물다 보니 구명대라도 되는 양 거기에 매달리게 되지. 7월 초가 되면 우리가 여기에 도착한 지 6개월이 되고 우리 대대가 휴가를 받는다는 소문이 있어. 지나친 기대는 금물이지만 그것만 생각하고 있다. 그리고 너한테 맹세하는데, 동생, 만약 휴가를 나가게 되면 뭔가를 하고 말 거다!

제프에게 전해 줘. 난 항상 걔를 생각하고 있다고. 나는 가끔, 비록 큰 대가를 치렀지만 걔는 영원히 이 끔찍한 곳을 벗어날 수 있었잖아, 하고 중얼거려 보기도 해.

오늘도 무사히, 오스카, 오늘도 무사히.

J.

두 번째 이메일이 연거푸 도착했다.

마지막 말은 경솔했다. 특히 제프에게는 옮기지 마라. 내가 괜한 말을 했어.

오늘도 무사히.

J.

"걔가 어리석은 일을 저지르진 않겠지?"

아빠는 중얼거렸다.

엄마가 계단을 내려오는 우리를 바라보았다. 아빠가 보여 주고 싶어 하지 않는 모습이다. 아빠의 다리로는 계단을 내려오는 것이 모험이었다.

"두 사람이 위에서 계속 뭘 어지르고 있는지 내가 알면 안 돼?"

"오스카가 컴퓨터 강습을 해 주고 있어. 지난번에 그렇게 하기로 했거든."

아빠는 두 손으로 난간을 붙잡고 있었다. 엄마는 믿지 못하겠다는 표정으로 응시했다.

"당신 그게 재미있어요, 컴퓨터가?"

"끝내주는데!"

49

마치 한여름인 양 태양은 타는 듯이 뜨거웠다. 제프는 활짝 열린 문 앞에서 휠체어에 앉아 졸고 있었다. 그의 곁에 길게 누워 있던 고양이 브라이언이 내가 오는 소리를 듣고 살짝 눈을 떴다. 제프가 돌아온 후부터 브라이언은 그에게 기대어 몸을 둥글게 웅크리는 버릇이 생겼고 제프는 그를 내버려 두었다. 그는 고양이의 체온이 통증을 덜어 준다고 말했다. 기타 케이스를 든 마르카는 나를 보자 그를 깨우지 말라는 신호를 했다. 학년 말 축제까지는 2주밖에 남지 않았고 우리는 일 초라도 쪼개 연습해야만 했다.

"어이, 귀염둥이들! 기다려! 같이 가."

제프가 휠체어의 팔걸이를 움켜쥐고 팔심으로 일어서자 브라이언이 가구 밑으로 도망쳤다.

"난 니들이 연습하는 걸 본 적이 없거든."

마르카는 잠시 망설였다.

"그럼 우리가 여기로 오는 게 더 편하겠다. 앰프를 가져와 부엌에 설치하고, 개인 공연을 여는 거지."

제프가 여동생의 팔을 잡았다.

"제기랄, 마르카! 넌 머리가 있는 거야, 없는 거야? 나한테 한쪽 다리가 없어서 특별히 배려해 달라는 게 아니라고. 난 너희가 진짜 연습하는 곳을 가 보고 싶단 말이야. 이해가 돼? 진짜 연습 말이야!"

그의 목소리가 갑자기 날카로워졌고 손이 떨렸다. 그는 마르카를 붙잡았던 손을 놓고 얼굴에 맺힌 땀을 훔쳤다.

"미안하다. 내가 미친놈 같지. 하지만 모든 게 지긋지긋하다."

그가 중얼거렸다.

그것은 제프의 진정한 첫 외출이었다. 학교 앞에서 어린애들은 그가 희귀 동물인 양 뚫어져라 쳐다보았다.

제프는 가장 가까운 아이 쪽으로 휠체어를 돌려 그 애가 도망치려고 하는 순간 앞을 가로막았다.

"너 이게 어떻게 생겼는지 정말 보고 싶어? 자! 봐!"

그가 절단된 다리 위로 바지를 걷어 올리는 동작을 하자 아이는 악마를 본 듯이 도망쳤다. 제프는 그가 달아나는 것을 지켜보았다.

"그래, 꺼져! 멍청이 녀석. 가 버려!"

사라와 축제를 조직한 애들은 분주하게 움직였다. 거리에서는 십 미터마다 행사를 알리는 노란색 포스터를 볼 수 있었다. 제프는 호주머니에서 펠트펜을 꺼내 마주치는 포스터마다 우리 이름에 붉은 원을 그렸다. 포스터에서는 우리 이름만 보였다.

"그만, 제프!"

마르카가 웃음을 터뜨렸다.

"누구나 우리가 한 걸 알 거야."

"이건 사람들 편의를 위한 거라고. 난 단지 누가 최고란 걸 알려 주는 거야."

그는 우스갯소리를 하면서도 고통으로 얼굴을 찡그렸다. 그의 오른쪽 다리는 여기저기 꿰맨 곳이 너무 많아서 조금만 덜덜거려도 못 견딜 정도로 고통스러워했다. 다른 한쪽은…….

"아직도 정확히 거기 있는 것 같아, 오스카. 외과 의사들이 엉성하게 짜 맞춘 다리보다 더 아파. 어떤 때는 사냥개들이 입을 짝 벌리고 내 살을 갈기갈기 물어뜯으려고 하는 것 같다니까."

그는 다리의 환영을 떨쳐 버리기 위해 알약들을 입안에 털어 넣었고 눈은 안개 낀 듯 흐릿하고 두뇌의 회전도 느려진 채 대부분 몽롱한 상태에서 지냈다. 어떤 날은 겁에 질려 울부짖으며 한밤중에 깨어났다. 테러가 있던 날 일어난 일이 눈앞에 펼쳐졌다. 폭약을 가득 실은 트럭, 폭발 그리고 충격으로 마치 사지를 제멋대로 움직이는 꼭두각시처럼 공중에 솟아오른 자신의 몸. 그런 밤이면 마르카는 곁에 누워 그의 손을 잡고 악몽에 시달리는 어린아이에게 하는 것처럼 그가 다시 잠들 때까지 얘기를 해 주었다.

마르카는 최근에 노랫말을 썼는데—우리의 여덟 번째 노래이다—한밤중에 오빠 곁에서 보낸 시간에 관한 것이었다. 〈유령의 밤〉이란 제목이었다. 그 노래를 우리가 창고에서 연주하기 시작했을 때, 제프는 휠체어에 앉아 시선을 허공에 둔 채 고개를 가볍게 끄덕였다.

그가 복용한 진통제 때문에 몽롱해졌는지 아니면 우리 연주를 듣고 있었는지 알 수 없었다. 나중에는 마르카와 나도 그를 잊어버렸다. 우리는 가끔 연주를 멈추고 가사의 단어, 화음 또는 베이스의 음을 바꾼 다음 계속했다. 우리는 베이스 기타의 음에서 유령의 긴 울음소리가 나오도록 했는데 그 소리는 노래 말미로 갈수록 '따다다' 총소리로 변해 갔다. 우리는 다른 건 신경 쓰지 않고 한 시간 넘게 연주했다.

"우리 노래는 조약돌처럼 매끈매끈해져야 해." 마르카가 종종 되풀이하는 말이다.

우리가 연주를 멈췄을 때 내 손톱 끝은 닳아져 있었고 제

212

프는 여전히 정신이 흐릿한 상태에 있는 것 같았다. 마르카는 기타에 고개를 숙이고 아직 몇몇 아르페지오를 퉁겨 보고 있었다. 나는 마르카의 뺨을 가볍게 건드렸고 우리는 포옹했다. 그때 제프가 갑자기 몸을 일으켰다.

"어이, 귀염둥이들. 그건 프로그램에 없는데!"

마르카가 웃음을 터뜨렸고 제프와 나도 따라 웃었다. 우린 셋이서 암탉들처럼 키득대기 시작했고, 이유는 잘 모르겠지만, 그것은 조금씩 진짜 웃음으로 변하여 우리는 배를 쥐고 눈물이 맺힐 정도로 웃었다. 그러다 눈만 마주치면 또다시 웃기 시작했다.

다시 호흡을 가다듬기 위해서는 시간이 필요했다. 그런데 마르카와 내가 숨을 고르려고 하면 이번에는 제프가 휠체어에서 펄쩍 뛰면서 눈물이 날 정도로 자지러지게 웃어 댔다.

50

제레미가 떠난 지 175일 때 되는 날이다.

형은 몇 주 동안 소식이 없었다. 엄마는 불안감에 반쯤 제
정신이 아니었다. 가장 나중에 보낸 이메일은 몇 줄밖에 되지
않았다.

소식이 없으면 부모님이 걱정하신다는 거 알고 있다. 하지만 이곳은
공포와 불안이 일상이 되다시피 했는데, 더는 거짓말을 할 순 없어. 오
스카, 부모님께 그렇게 전하고 내가 보낸 이메일들을, 만약 저장해 두
었다면, 보여 드려라. 그게 낫겠어.

오늘도 무사히.

J.

나는 형에게 아빠가 오래전부터 이메일을 전부 읽고 있었다는 말을 감히 털어놓지 못했다.

어쨌든 학년 말의 음악회는 다가왔고 나는 거기에 정신이 팔려 있었다.

매일 저녁, 학교 수업이 끝나면 마르카와 나는 손을 잡고 사라졌다. 창고는 우리의 본부가 되었고 우리는 인큐베이터 같은 곳에서 살았다. 그곳은 딴 세상으로 음악보다 더 중요한 것은 존재하지 않았다. 제프와 제렘도 뒷전이었다.

제프는 휠체어를 타고 보도 위로 올라갈 수 있게 되면서 자유를 얻게 되었고 이제는 정신만 몽롱하지 않으면 늘 혼자서 창고로 와 우릴 만나곤 했다. 대개 그는 뒤쪽에 물러나서 눈을 반쯤 감은 채, 우리 연주를 듣거나 아니면 졸곤 했다. 그는 한 번도 우리 연주에 대해 자기 의견을 내놓은 적이 없었다. 그가 마르카와 함께 만든 노래에 대해서도 마찬가지였다.

가끔 그는 일어섰는데, 그럴 때면 얼굴은 경련으로 일그러지고 땀으로 흠뻑 젖었다. 그는 때로 자신이 거기서 무얼 하고 있는지 기억해 내려는 사람처럼 사냥꾼에게 쫓기는 짐승의 눈으로 잠시 우리를 응시하는가 하면 연주를 한참 하고 있는데 꽉 쥔 손을 휠체어 바퀴에 올린 채 아무 말 없이 가 버리기도 했다.

처음에 나는 그가 더위 때문에 그러는 줄 알았다. 여름이 시작되면서 날씨는 타는 듯 뜨거워졌고 우리는 이웃에 방해

되지 않도록 모든 문을 닫은 채 연주했다. 그러던 어느 날 저녁, 제프가 소스라치듯 깨어나더니 밖으로 나가는 대신 주머니에서 고무마개가 달린 작은 금속 병을 꺼냈다. 그러고는 주사기를 꺼내더니 투명한 액체를 채운 다음 그걸 팔에 찌르고 약간 몸을 떨었다. 몇 초 사이에 일어난 일이었다. 마르카가 그에게 뛰어갔고 나는 놀라서 잠자코 바라보았다.

"제프, 그만! 오늘 아침에 했잖아. 그럼 안 돼."

"마르카, 훈계 따윈 할 생각 마. 너도 만약 다리가 하나만 남았고, 맹수들한테 다리를 물어뜯기고 있는 것 같으면 이렇게 하고도 남을걸."

"그래도 이건 너무 지나쳐, 제프! 오빠도 알잖아. 의사 선생님 말대로 약을 줄여야지!"

마르카의 목소리가 떨렸다. 그녀는 금방이라도 울음을 터뜨릴 것 같았다.

"의사는 아무것도 모르면서 지껄이고 있어. 그는 두 다리가 성하고 매일 아침 조깅도 한단 말이야. 창문으로 다 보여."

제프는 숨을 크게 들이마신 뒤 미소를 지었다.

"봤지, 내가 이렇다! 하지만 오스카, 걱정하지 마. 이제 괜찮은 것 같다. 훨씬 나아."

★★★
51

177일째 되는 날

안녕, 오스카.

현재 경계 태세가 발령 중이지만 컴퓨터실이 비어 있다. 그냥 지나칠 수 없지! 정밀 소총을 곁에 두고 명령만 떨어지면 뛰어나갈 준비를 하고 있다.

이제 곧 여기 온 지 6개월이 된다. 빌어먹을 기념일! 그동안에 내 인생의 절반이 지나간 것 같다. 이젠 진짜 생활이 어떤 건지도 잘 모르겠다. 우리가 몸에 구멍이 뚫릴 위험이 없이 길을 건넌다는 게 어떤 기분인지도 모르겠고 여자와 콜라를 마시는 게 어떤 느낌인지도 모르겠다. 그런 것들은 존재하지 않는다는 느낌이 든다. 그런 것들은 정말이지 존재한 적이 없다는 느낌.

217

현재로선, 휴가 소식이 없다! 어떤 사람들은 7개월이 지난 뒤에 있었다고도 하고.

마침내 레옹 소식을 듣게 되었다. 놀라운 소식이지. 그는 사라졌어. 그동안 납치된 경우도 있었지만 레옹은 그건 아니고, 사라졌어. 어느 날 아침에 일어나 보니 레옹이 없어진 거야! 점호할 때도 없었고 의무대에도, 어디에도 없었어! 그 이후로도 쭉! 그의 대대원들은 대부분 그가 탈영했다고 말하고 있다. 여기선 탈영이란 말은 되도록 입에 담지 않아. 하지만 레옹은 달랐어. 그는 친한 대원들 몇 명에게, 맹세코 기회만 주어지면 탈영하겠다고 했다는 거야.

운을 시험해 본 게 레옹이 처음은 아니야. 여기서 그걸 한다는 게 정말 미친 짓이긴 하지만 못할 것도 없을 것 같다! 몇 명은 그렇게 해서 이미 유럽에 도달했을 테니까……

오늘도 무사히.

J.

현지에 소식이 전해지는 게 늦어도 너무 늦다! 여기서는 레옹 신변에 무슨 일이 일어났다는 것을 안 지 벌써 몇 주일이 흘렀는데.

연방수사국 요원들이 집을 덮친 뒤 2주일쯤 되었을 때 레옹의 아버지는 전화기에서 이상한 소리를 들었다. 규칙적으로 끊기는 잡음과 아주 멀리서 들리는 목소리였다. 처음에 그는 아들이 전화한 줄 알았지만 아들 목소리가 아니었다. 신호음이 났고 긴 침묵이 이어진 뒤 뚜뚜 하는 소리가 났다. 어떤 사람이 수화기를 내려놓았을 때 나는 소리와 같았다. 그 후 며칠 동안 그런 일이 여러 번 되풀이 되었다. 디 나르도 씨는 전화가 도청당하고 있으며 연방수사국이 레옹을 찾아내 체포하기 위해 그의 전화를 기다리고 있다고 확신했다.

그런데 사실은 오래전부터 레옹의 생사조차 알 수 없었으며 탈영을 했건 안 했건, 그가 어디 있는지 아무도 몰랐다.

★★★
52

학년 말 축제 날이 되었다. 운동장과 그 주변은 사람들로 넘쳤다. 학교 건물 색깔을 본뜬 거대한 현수막들이 여기저기 나부꼈고 꼬마들이 헬륨 가스를 넣어 부풀린 큰 풍선을 달고 어른들 다리 사이로 잽싸게 빠져나갔다. 가끔 풍선 중 하나가 폭죽 소리를 내면서 폭발하거나 로켓처럼 하늘을 향해 똑바로 날아갔다. 풍선 임자의 얼빠진 표정을 뒤로 한 채. 옛 고교 동창들이 모두 전화 연락을 받았고—사라가 저작권을 주장한 아이디어—많은 사람이 옛 선생님과 친구들을 만나기 위해 가족과 함께 왔다. 날은 찌는 듯 더웠지만 거기 모인 사람들은 아이스크림을 손가락에 흘리고 얼음이 든 탄산음료를 마시면서 행복했던 옛날을 회상했다. 아무도 서쪽에서 몰려오는 거대한 먹구름을 걱정하지 않았다. 일기예보는 심한 비바람이 자정 전에는 몰아치지 않을 거라고 했다.

교장은 출연 그룹들을 하나하나 돌아보면서 두세 마디씩 말을 건네고 웃으며 학생들이 건네준 팝콘 봉지를 뒤적였다. 그들은 팝콘이 몸매 관리에 해로워서 마지막으로 드리는 것이라고 했다.

"대박이다!"

사라는 걸핏하면 그렇게 말했다.

"이번 축제는 대성공이야! 입장권이 거의 2천 장이나 팔렸어. 생각해 봐!"

사라의 홍보 전략은 예상을 뛰어넘는 결실을 거두었다. 결국 오후에는 재고가 바닥나 자이언트 맥스에 탄산음료와 맥주 그리고 얼음을 특별 배달해 주도록 긴급 주문을 넣을 정도였다.

콘서트는 한 시간쯤 늦게 시작했다. 초반에 등장하는 그룹들은 별로 주목을 받지 못했다. 하지만 사라는 전문가처럼 동분서주했고 음향 담당자들은 좀 더 볼륨을 높였다. 사람들은 점차 빠져들었다. 부모들, 할머니들, 아이들, 손자들, 선생님들, 교장…… 이 모든 사람이 무대 아래에 모여서 여름날 거센 비바람이 치기 직전 찌는 듯한 날씨 속에서 손뼉 치고 소리치고 춤추고 땀을 흘렸다.

마지막에서 두 번째 그룹이 무대 위로 올라왔을 때 어둠이 내려앉았다. 여섯 명의 졸업반 여학생들로 구성된 '식스 걸스'

라는 그룹이었는데 컨트리 음악을 연주했고 리더는 수지였다. 수지는 재능이 뛰어난 콘트라베이스 연주자로 그 악기보다 조금 더 키가 컸고 모두가 그녀를 좋아했다. 그들의 마지막 곡은 굉장히 빠른 속도로 벤조와 콘트라베이스 연주가 열정적이었다. 무대 아래에서는 사람들이 손바닥이 얼얼할 정도로 손뼉을 쳐 댔고 용수철처럼 펄쩍펄쩍 뛰었다. 그들은 아이처럼 발을 구르면서 곡이 끝날 무렵엔 열렬히 박수를 보냈다. 모두가 앙코르를 외쳤다. 여섯 소녀는 무대에 다시 나왔고 우승 팀처럼 환호를 받았다.

나는 바지에 손을 닦았다. 이 많은 사람 앞에서 연주한다는 생각만으로도 진땀이 났다. 나는 오후 시간을 손톱을 깨물며 무대 주위를 서성이며 보냈다. 마지막에 출연하는 게 과연 좋은 생각인지 확신이 서지 않았다. 이 소녀들은 엄청난 흥분을 만들어 냈다. 그런데 우리 노래는 이렇게 달아오른 분위기에서 부르기엔 적합지 않았다. 사라는 프로그램 편성에 실패한 것이다. 자기 말마따나 '캐스팅 에러!'인 거다. 여섯 소녀 뒤에 나와서 우리는 분위기를 망치고 침울하고 우울한 사람 그리고 찬물을 끼얹는 사람 취급을 받을 것이다. 그리고 아마 사람들이 비웃으면서 다 빠져나가는 가운데 세 명의 청중만을 놓고 그 밤을 마칠 것이다.

하지만 이 모든 것이 마르카에게는 전혀 영향을 미치지 못했다. 그녀는 몹시 즐거워 보였다. 다른 사람들과 함께 소리치고 손뼉 치고 미친 듯이 춤을 췄다. 그 어느 때보다도 아름다웠다. 불 보듯 뻔한 대재앙의 전망이 그녀에게는 스쳐 가지도 않은 것 같았다. 나는 눈을 들어 하늘을 보았다. 밤이 깊었고 오후 내내 위협하던 구름은 바로 우리 위에 도달해 있었다. 공기는 열기로 끈적거렸다. 거대한 번개가 지평선을 갈랐고 우리는 천둥이 치는 소리를 희미하게 들었다. 조금만 운이 따라 주면 뇌우가 예상보다 일찍 쏟아져 문제가 해결될 것 같았다.

여섯 소녀의 노래는 최고의 환호 속에 끝을 맺었다. 수지는 사라의 손에서 마이크를 빼앗아 직접 우리를 소개했다.

"제가 살면서 좋아하는 게 두 가지가 있는데 M&Ms는 초콜릿 때문에, 그리고 M&O는 노래 때문입니다. 그들을 이미 아는 사람들에게는 소개가 필요 없을 것이고, 그렇지 않은 분들은 귀만 기울여 주시면 됩니다."

그녀는 우리에게 큰 격려의 손짓을 보냈지만 내 머릿속에는 오직 하나의 생각밖에 없었다. 걸음아 나 살려라 내빼는 것. 마르카가 내 입가에 재빨리 키스를 했고 내 손을 잡아 무대로 끌고 갔을 때 쏟아지는 박수갈채는 그칠 줄 몰랐다.

우리는 악기의 조율을 확인했고 나는 조명등 불빛을 피해 몇 걸음 뒤로 물러섰다. 조명이 너무 눈부셨기 때문에 맨 앞줄에 앉은 청중조차 알아보기 힘들 정도였다. 나머지 사람들은 뿌연 빛의 안개 속으로 사라졌다. 차라리 다행이었다.

"우리, 〈귀향〉으로 시작하자."

마르카가 속삭였다.

나는 머리가 이상해진 건 아닌지 의심하며 그 애를 쳐다보았다. 이건 전혀 예정에 없던 것이며 게다가 〈귀향〉은 우리 노래 중에서 가장 최근에 만들어진 것으로서 가장 간결하고 소박한 노래였기 때문이다. 마르카가 아카펠라로 혼자서 시작하다가 베이스는 훨씬 뒤에 들어가고 기타는 끝 부분에나 들어간다. 여섯 소녀의 공연이 만들어 낸 열광에 찬물을 끼얹는 것이다. 실패는 불 보듯 뻔했다.

"하지만 아무도……."

"너, 나 믿지?"

그녀는 내 대답을 기다리지도 않고 무대 앞으로 나아갔다. 마르카의 목소리는 갑자기 높아졌고, 두 손으로 마이크를 잡은 채 거기 모인 사람들 각자에게 어떤 비밀을 털어놓으려는 것 같았다. 청중들 사이에서 일어나고 있던 어렴풋한 웅성거림이 잦아들고 사람들은 자석에 끌린 것처럼 조금씩 다가왔다. 조명 기사는 즉시 상황을 파악했다. 그는 그녀를 비추는 조명등 하나만 남겨 두고 나머지 모든 조명을 껐다. 나는 잠시 안 보이는 상태로 연주해야 한다는 생각에 두려워졌지만 엄청나게 반복 연습을 했기 때문에 내 손가락은 내가 무엇을 원하는지 정확히 알고 있었다. 마르카의 목소리가 더 부드러워지면서 베이스의 선율이 두 번째 목소리처럼 그녀의 목소

224

리에 끼어들었다.

〈귀향〉의 마지막 소절이 쥐 죽은 듯한 침묵 속에서 끝나자 돌연 우레와 같은 박수갈채가 터져 나왔다.

멈추지 않고 우리는 〈유령의 밤〉을 이어 갔는데, 그때 하나 둘 빗방울이 무대 위에 떨어졌다. 미지근하고 무거운 빗방울이. 약한 천둥소리가 멀리서 들렸지만 아무도 움직이지 않았다. 사람들은 마르카의 한마디 한마디를 음미하기 위해 거기에 머물렀다. 그 곡은 베이스 솔로 연주로 끝을 맺었는데 그 소리는 '따닥따닥' 하는 총소리를 흉내 내기에 이르렀다. 여러 날 연습한 결과였다. 섬광이 하늘을 찢었고 내 솔로 연주의 마지막 소절과 동시에 첫 번째 천둥이 쳤다. 나는 사람들이 무엇을 상상했을지 알지 못한다. 어쩌면 하늘과 내가 오래전부터 모의했다고 생각했을지도 모른다. 조명 너머에서 환호가 섞인 박수갈채가 마치 경기장에서처럼 터져 나왔다.

다시 한 번 번개가 밤하늘에 줄무늬를 새겼고 비는 더 세차게 내렸다.

"제 생각엔 이제 중단해야 할 것 같습니다."

마르카가 마이크에 대고 말했다.

"우- 우-! 우- 우- 우!"

공연을 계속하도록 요구하는 팔의 움직임이 숲처럼 일어났다.

"그럼 갑니다!"

다시 박수갈채가 쏟아졌다. 마르카가 나에게 윙크를 했고 우리는 빗줄기 아래서 세 번째 노래를 시작했다.

거대한 번개가 하늘을 갈랐고 바로 세찬 소나기가 쏟아졌다. 뇌우는 엄청난 힘을 발휘했다. 우르릉 쾅 천둥이 치면서 거대한 공처럼 대기를 뒤흔들었다. 조명등의 누전 차단기가 작동한 동시에 음향도 꺼졌다. 운동장은 암흑에 잠겼고 이번에는 모든 사람이 피신처를 찾아 차량으로 뛰어갔다.

마르카와 나는 악기를 들고 팝콘 기계가 있는 텐트 아래로 몸을 피했다. 뇌우가 몰아쳤다. 번개는 세상 최후의 날인 양 하늘을 잘게 찢었고 빗줄기는 텐트에 부딪쳐 후드득 소리를 냈다. 야단법석의 와중에서 제작진들은 진짜 홍수가 모두 쓸어 가기 전에 재빨리 장비에 방수포를 씌웠다. 마르카와 내가 할 수 있는 최상은 서로 꼭 붙어서 끌어안는 것이었다. 우리에게는 키스할 시간이 많이 있었고 팝콘도 얼마든지 있었다. 그녀의 팔에 안겨 이 소동이 가라앉기를 기다리면서 여기서 밤을 지새우면 얼마나 좋을까 싶었다.

하지만 사라를 계산에 넣지 못했다. 그 애는 머리에서 발끝까지 흠뻑 젖은 채 달려왔다.

"우아! 대박이야. 사람들 앞에서 오직 홀로, 그렇게 시작하는 아이디어. 그거 정말 끝내줬어! 최고의 공연이었어. 진짜, 정말로!"

내 바람은 오직 한 가지였다. 사라를 빗속으로 내던지는 것!

226

그 순간 번개가 밤을 밝혔고 나는 마르카의 눈이 놀라 휘둥그레지는 것을 보았다.

"저기 누가 오고 있는데?"

그녀는 두 손으로 내 얼굴을 잡고 고개를 돌리게 했다. 이어지는 번갯불 조명 아래서 나는 큰 그림자 하나를 보았고 그 얼굴을 희미하게 알아볼 수 있었다.

"제레미!"

흠뻑 젖은 큰 그림자는 가까이 다가오더니 젖은 팔로 나를 안았다.

"안녕, 오스카. 조금 늦게 도착했어. 하지만 〈귀향〉의 끝 부분은 들었다. 나는 그걸 초대장으로 생각했다. 그래, 이렇게 내가 돌아왔어!"

밖에서는 번개를 동반한 폭우가 거친 기세로 쏟아졌다. 천막은 여기저기서 물이 새기 시작했다. 제레미한테서 물에 젖은 개 냄새가 났다. 나는 한마디도 할 수 없었다.

★★★
53

8월

제레미가 돌아오고 나서 며칠 후 마르카와 나는 처음으로 함께 잠을 잤다. 어느 누구도 관련이 없는 우리 둘만의 일이었다. 그 후 몇 주 동안 나는 그녀만 생각했다. 우리 둘만 생각했다. 온 세상이 그녀의 눈, 그녀의 웃음 그리고 우리가 만나는 순간에 있었다. 우주가 무너진대도 알 바 아니었다. 할머니의 책들에 나오는 사랑도 우리의 사랑과는 견줄 수 없었다. 세상 누구도 우리 둘이 겪고 있는 것을 일생에 단 한 번도 겪어 보지 못했을 것이다.

제레미의 4주간의 휴가는 내가 신경 쓸 겨를도 없이 쏜살같이 지나갔다.

그동안 엄마의 자두 파이, 그리고 제레미와 나눈 약간의 이야기들만 어렴풋이 기억날 뿐이다. 형은 자기가 없는 동안 여기서 일어난 일들을 모두 알고 싶어 했지만, 그곳에 관해서는 말하기를 꺼렸다. 레옹 이야기를 제외하고는.

제렘은 두어 번 레옹의 부모를 만나러 갔다. 형은 그들이 요원들 몰래 아들이 숨어 있는 곳을 알고 있을 거라고 생각했다. 하지만 디 나르도 씨 집에서는 몇 달째 아들 소식을 전혀 모르고 있었다. 레옹의 어머니는 결코 오지 않는 전화를 기다리며 전화기 옆에서 시간을 보냈다. 그의 아버지는 그동안 한 십 년쯤 더 나이를 먹은 것 같았고 기네스북은 더 이상 신경도 쓰지 않았다.

역시 두어 번 제렘은 마르카와 내가 연주하는 것을 들으러 왔다. 형은 우리 노래들을 시디로 녹음해 달라고 부탁했다. "내가 떠날 때를 위해서"라고 말했다. 이 말이 제프를 미소 짓게 했는데, 사실 그럴 이유는 없었다.

제프의 이상한 미소는 제레미가 품고 있었던 생각에 대한 첫 번째 암시였다. 하지만 나는 그것을 훨씬 나중에서야 깨달았다. 그 암시를, 형은 여기서 보낸 4주 동안 다른 것에도 남겼다. 하지만 내 마음은 온통 마르카뿐이었고 그 암시들을 바로 이해할 수도 없었다.

제레미는 휴가 기간을 대부분 제프와 함께 보냈다. 그들은 거의 매일 만났다.

그들은 아무에게도 말하지 않고 제프의 휠체어를 엄마 차의 뒷자리에 고정한 채 둘이서 어디를 다녀오곤 했다. 그들은 심지어 닷새간 여행을 떠나기도 했는데 부모님께 걱정을 끼치지 않기 위해 간단한 메모를 남겼고 여행에서 돌아올 때는 일부러 약간 지나치게 결백한 듯한 태도를 보였다.

그건 분명히 또 하나의 암시였다.

그날 밤, 내가 마르카의 집에서 나왔을 때는 거의 새벽 세 시경이었다. 마음은 열기구를 타고 하늘을 나는 것 같았고 키스의 기억이 생생했다. 밤공기는 놀랄 만큼 포근했고 제레미의 휴가는 이제 48시간이 지나면 끝날 거였다.

내가 그 차를 본 것은 거의 다리에 이르렀을 때였다. 할머니의 뷰익이었다. 그렇게 찌부러지고 망가진 차가 이 세상에 또 있지는 않을 테니까. 다가가 보았다. 분명 할머니 차가 맞았다. 의심할 여지가 없었다. 바로 내 눈앞에, 다리에서 하류 쪽으로 백 미터가량 되는 지점에 주차되어 있었다.

할머니가 저기서 뭘 하는 걸까? 순간 머릿속을 스친 생각은 할머니가 집에 며칠 다녀가기로 했을지 모른다는 것이었다. 제레미와 작별 인사를 하기 위해. 하지만 그건 말이 안 되었다. 그렇다면 왜 할머니는 집으로 바로 가시지 않고 차를 여기 두었을까? 자동차 실내에서 작고 희미한 빛이 흔들렸다. 나는 몇 걸음 더 나아갔다. 할머니는 앞자리에 앉아 계셨는데

230

헤드 랜턴을 켠 채 얼굴을 책에 파묻고 있었다. 할머니가 한밤중에 차 안에서 연애소설을 읽고 있는 것이다. 그것도 집에서 5백 미터도 떨어지지 않은 곳에서!

나는 항상 할머니가 약간 이상하다고 생각해 왔지만 이건 그 정도가 아니었다.

너무 예상 밖의 일이어서 나는 감히 더 접근하지 못했다. 차에서 십 미터쯤 떨어진 강가의 덤불 속에 몸을 웅크렸다. 어찌 된 영문인지 살펴보려고 했다. 어쩌면 할머니도 타타 니니제 노파처럼 치매에 걸린 걸까? 대퇴부 골절상 이후로 그 노파는 말의 두서가 없어졌고 낮과 밤을 혼동하고 자기가 어디에 사는지도 몰랐다. 하지만 우리 할머니가 그런 상태일 거라곤 생각할 수 없었다.

할머니가 주위를 살피려는 듯 갑자기 고개를 들었다. 헤드 랜턴의 불빛이 덤불을 훑고 지나갔다. 할머니는 아무것도 보지 못했고 다시 소설책에 파묻혔다. 바로 그때 들려온 발걸음 소리에 나는 소스라쳤다.

나는 너무 놀란 나머지 소리를 지를 뻔했다. 제레미가 여행 배낭을 짊어진 채 다리를 건너 이쪽으로 올라오고 있는 게 아닌가. 아무리 희미한 빛이라고 해도 형을 알아보지 못한다는 것은 있을 수 없는 일이었다. 형은 나와 아주 가까운 곳으로 지나쳐 갔기 때문에 손만 뻗으면 닿을 수도 있었다. 하지만 나는 움직이지 않았고 형은 할머니와 약속이 되어 있는 듯

231

곧장 뷰익으로 향했다. 할머니는 책을 내려놓고 차 문을 열어 주었다.

"그래, 우리 손자. 결심은 변하지 않은 거냐?"

제레미는 말없이 트렁크에 배낭을 밀어 넣었다.

"너 이게 어떤 결과를 가져올지 잘 생각해 봤어?"

할머니가 말을 이었다.

"군대는 군인이 탈영하면 가만두지 않는다. 어쩌면 넌 다시 는 여기 돌아올 수 없을 거야."

"알아요. 하지만 내가 거기로 돌아가면, 여기 올 가능성은 훨씬 더 적을 거예요."

"그렇다면, 알았다. 차에 타. 그리고 곧장 가는 거다. 우린 적어도 5백 킬로미터는 가야 해. 예정대로 하려면 시간이 많 지 않아."

할머니가 말했다.

관자놀이가 욱신거렸다. 나는 이해가 되지 않았다. 제레미 가 어디론가 슬그머니 떠나기로 결심했다는 사실 말고는.

"잠깐만요. 제프가 어쩌면 올지도 모른다고 했는데……."

제레미는 주위를 둘러보았다. 아무런 움직임도 없었다.

"자, 얘야. 이제 가야 해."

할머니가 재촉했다.

제레미는 할머니에게 몸을 구부렸다.

"할머니, 저랑 같이 가는 건 어리석은 일이에요. 어떤 일이

232

일어날지 몰라요. 차 키를 주고 그냥 여기 계세요. 모든 걸 부모님께 설명하세요. 저 혼자 알아서 할게요."

"애야, 제레미. 저번 날 나를 찾아온 건 너였어! 내가 아니라. 이제부터, 나는 끝까지 가 볼 거야. 이건 아마 내 인생의 마지막 모험일 거다. 그리고 국경을 넘는 데는 내가 너와 함께 있는 게 더 나아. 그게 더 안전해. 한심한 연애소설을 가득 싣고 손자와 고물차로 여행하는 노파를 의심하는 사람은 없을 테니까."

"오스카에게조차 말하지 않았어요. 걘 노발대발할 거예요."

"오스카 그 앤 사랑에 빠져 있어. 정신이 다른 데 가 있단 말이야."

"그렇겠죠, 하지만 그래도……."

나는 덤불에서 나와야겠다고 결심했다.

"제렘!"

우리는 어쩔 줄 모르고 서로 바라보았다. 말이 입에서 나오지 않았다.

"제렘, 어떻게 된 거야? 도둑놈처럼 떠나는 거야? 아무한테도 간다는 말 없이, 아무 말도 없이?"

"나는 도둑놈처럼 떠나는 게 아냐, 오스카. 나는 탈영자로서 떠나는 거야."

그 말을 이해하는 데 잠시 시간이 필요했다!

"탈영자라고?"

형은 고개를 끄덕였다.

"오스카, 난 거기로 되돌아가고 싶지 않아. 그 끔찍한 것들을 더는 보고 있을 수 없어. 다시는 사람들에게 방아쇠를 당기고 싶지 않아. 나는 왜 사람들이 내게 그 일을 시키는지 이해조차 할 수 없어. 그래서 떠난다. 이게 더 나아. 내 결심은 이미 섰어. 짐작했겠지만 오래전부터 생각해 온 거야. 레옹이 탈영한 사실을 알게 되면서부터."

형은 웃어 보였다.

"보다시피 할머니도 가담하셨어. 할머니와 제프만 아는 일이야. 난 이리저리 다 따져 봤어. 아빠와 엄마가 아셨다면 일이 너무 복잡했을 거야. 그리고 너야 귀여운 마르카의 눈 속에 빠져 있고. 이건 간단해. 우린 같이 국경을 넘고, 일단 그쪽으로 가면 할머니는 자동차를 남겨 두고 떠나실 거야. 그다음부턴 내가 알아서 해야지. 알아서 헤쳐 나가야지."

"그럼 할머니는 어떻게 돌아올 건데?"

"귀여운 오스카. 난 기차 타고 돌아올 거란다."

할머니가 끼어들었다.

"늦어도 내일 저녁엔 돌아올 거다. 넌 아무 말 말거라. 내가 며칠 너네 집에 불청객으로 머무를 거야. 걔들이 이 상황을 받아들이려면 도움이 필요할 거다. 우리가 계속 늑장 부리지만 않는다면 모든 건 순조롭게 착착 진행될 거다. 자, 이제야말로 떠나자."

234

제레미가 나를 포옹했다.

"잘 있어, 오스카. 부모님께 몇 자 적어 놓았지만 내가 많이 그리워할 거라고 잘 말씀 드려라. 그리고 마르카와 제프에게도 나 대신 작별 인사 전해 주고. 제프는 오겠다고 했지만 몽롱한 상태에 있는 게 분명해. 되는대로 소식 전할게. 연방수사국 요원들이 너무 성가시게나 하지 않았으면 좋겠다."

형의 목소리는 떨렸다.

"하지만…… 우리 다시 볼 수 있는 거지, 응? 왜냐면 형이 만약……."

다음 말은 목 안에 갇히고 말았다.

"물론 우린 다시 만나겠지만, 그게 언제라고 말하진 못하겠다. 어쨌든 금방은 아니겠지."

형이 다시 "잘 있어, 오스카"라고 말했다. 자동차는 밤을 뚫고 멀어졌고 나는 등 뒤에서 제프의 휠체어 바퀴가 내는 슝 소리를 들었다.

"한발 늦었잖아……."

뷰익 미등의 붉게 타오르는 작은 눈이 어둠 속으로 멀어져 갔다. 사실 나는 잘 볼 수 없었다. 눈물이 온통 앞을 가렸다.

54

끽 하고 자동차가 급정거하는 소리, 차 문을 박차고 나오는 소리, 현관문을 두드리는 주먹. 그건 2주 전에 제레미가 국경을 넘은 이후 우리 모두가 예상했던 방문이었다.

연방수사국 요원들은 거실로 들이닥쳤으며 제복을 입은 헌병이 동행했다. 디 나르도 씨 집에서와 같은 사람에 같은 시나리오였다. 그들의 군화가 마룻바닥에 부딪쳐 소리를 냈다.

"밖으로 나가거나, 전화하거나 우리가 묻기 전에 어떤 말도 서로 해서는 절대 안 됨! 알겠습니까?"

헌병 하사가 으름장을 놓았다.

그는 땀을 흘렸고 작고 가는 눈은 어떤 비밀 메시지라도 찾겠다는 듯 이리저리 바쁘게 움직였다. 할머니는 알았다는 듯 소설책에서 고개조차 들지 않은 채 앉아 있었다.

할머니가 '제레미와의 가벼운 산책'이라고 부르는 그 일 이후에 할머니는 부모님의 사기를 돋우어 주기 위해 집에 와 있었다. 그동안에 아빠는 할머니의 거친 운전에도 끄떡 않을 만한 튼튼한 차를 물색했다.

부모님은 겁먹은 바보 역할을 능청맞게 해냈다. 엄마는 연방수사국 요원들에게 커피를 내오겠다고까지 했다. 비록 거절당했지만.

그들은 무제한의 재량권을 허가받은 듯 레옹의 부모님 집에서처럼 구석구석 집을 뒤졌다. 그들은 매트리스를 뒤집었고 장롱의 물건들을 끄집어냈으며 서랍을 뒤엎었고 숨겨 놓은 게 없는지 수도꼭지까지 살펴보았다. 아빠의 작업장에까지 들어가 기름때를 잔뜩 묻힌 채 다시 나왔다.

그들은 며칠이고 뒤질 기세였다. 제레미가 초기에 보내온 편지들을 찾아냈지만 아무것도 발견하지 못했다. 부모님은 형이 떠나면서 남겨 둔 메모를 불살랐고 나도 컴퓨터에서 형이 보낸 이메일의 흔적들을 모두 삭제했다.

그들은 우리를 차례로 심문했다. 제레미를 마지막으로 본 건 언제인가? 휴가 동안 형의 태도에 특이한 점은 없었는가? 형은 국경 너머와 어떤 접촉이 있었는가? 탈영병에 관해 말한 적이 있는가? 레옹 디 나르도와 친한 사이였는가? 수중에 돈이 있었는가? 평화주의 종교단체 소속이었는가? 또는 반전단체 소속이었는가? 형에게 차량을 제공한 사람이 있었는가?

그들이 심문하지 않은 유일한 대상은 할머니였다.

"어르신은 정신이 조금 이상해요."

그들이 우리를 심문하기 시작했을 때 아빠가 털어놓았다.

솔직히 형광 분홍색 추리닝을 걸친 채 꼼짝도 하지 않고 『이글거리는 너의 눈에』를 탐독하고 있는 할머니를 보면 그런 생각이 들 만했다. 이는 수사 요원들을 이해시키기에 충분했고 그들은 확인하려는 시도조차 하지 않았다. 하지만 그들이 문을 닫고 나가기가 무섭게 할머니는 아빠에게 노발대발하며 덤벼들었다.

"나를 미친 늙은이라고 말하다니. 난 니 엄마야, 프랭크. 어디 두고 보자!"

할머니는 그러는 척하는 게 아니라 진짜로 화가 난 것 같았다. 아빠는 할머니의 어깨에 팔을 둘렀다.

"아시겠지만, 그 정도 복수는 약과예요."

"복수라니! 네가 나한테 복수한다고? 아니, 왜?"

"내 등 뒤에서 제레미와 어머니가 몰래 일을 꾸민 거요. 국경을 넘고, 자동차, 그리고 엄마가 걔한테 준 돈…….. 맙소사, 그런 건 다 제가 할 일이잖아요. 그 애를 도와야 할 사람은 나였다고요. 하지만 난 걔 보지도 못했고, 전혀 눈치도 채지 못했고, 그 녀석도 나한테는 한마디도 안 하고……."

아빠는 잠시 침묵했다.

"걘 어머니를 더 믿었나 봐요."

할머니는 말없이 고개를 끄덕였다.

제레미는 절대로 집에 발을 들여놓지 않을 것이다. 형이 앞으로 있게 될 곳이 지난 6개월간 있었던 곳보다 천 배나 더 안전하다고 할지라도. 그 생각을 하면 현기증이 났다.

엄마는 울어야 할지 웃어야 할지 어쩔 줄 몰라 하면서 우리를 번갈아 쳐다보았다. 그리고 얼굴을 이상하게 찌푸리며 중얼거렸다.

"하지만 걔가 떠났다는 걸 알고 나니, 차라리 다행이란 생각이 들어요."

55

7개월 후

우리의 음반! 그건 우리의 음반이었다. 지난겨울 동안 녹음한 음반이었다. 바깥에는 계속 눈보라가 치고, 제레미에게서는 어떤 소식도 없던 겨울이었다.

우리 음반이 바로 눈앞에 놓여 있었다. 하지만 우리, 마르카와 나는 바라보기만 할 뿐 감히 만져 볼 엄두를 내지 못했다. 마치 조금이라도 손이 닿으면 사라져 버릴 신기루인 것처럼.

음반 재킷에는 어둠 속으로 사라지는 찌부러진 중고 뷰익의 사진이 박혀 있었고 그 위에는 우리의 이름과 우리가 최종 선택한 음반의 타이틀이 새겨져 있었다. '살아 있기를'. 뒷면에는 곡명과 함께 헌사가 있었다. '제프와 제레미에게'.

240

제프는 창고의 낡은 플레이어에 시디를 걸기 위해 음반의 비닐을 벗겼다. 마르카는 내 손을 꼭 잡았고 우리는 반신반의 하면서 우리 목소리를 듣기 위해 꼼짝 않고 있었다.

창고 벽에 기대 있던 마리가 우리의 반응을 살폈다.

"어때, 좋지? 언론사들에 음반을 한 상자 보냈고 몇몇 라디오 방송에서는 벌써 연락이 왔어. 특히 마지막 곡에 대한 반응이 심상치 않아."

마지막 곡, 그건 〈탈영병의 산책〉이었다.

마리가 떠나자 제프는 내 손에 종잇조각을 건네주었다.

"이거, 네 형 연락처야. 아무 데나 흘리면 안 돼!"

갈겨쓴 주소였다. 제레미가 아닌 다른 이름의 우체국 유치 우편물. 꽤 복잡한 경로였다. 제프는 그걸 어떻게 입수했는지 말하려고 하지 않았다. 그는 단지 나에게 조심하라고, 비상시에만 쓰라고 충고했다. "연방수사국은 이 정도로 포기하지 않을 거야." 그는 종종 음모자인 척했는데, 나는 그가 과장하고 있는지 아니면 요원들이 실제로 감시하고 있는지 알 도리가 없었다. 아빠는 베트남 전쟁 탈영병들이 70년대 이후 지금까지도 고향에 발을 들여놓지 못했다고 단호하게 말했다.

비상시에만 쓰라고, 제프는 분명히 말했다. 지금이 그 상황에 해당하는지 확신이 서지 않았지만 나는 우리 음반 한 장을 봉투에 넣어 우편으로 부치고 다리 위로 마르카를 만나러

갔다.

　멀리서 돌로 된 교각에 얼음덩어리들이 부딪치는 소리가 들렸다. 우리는 서로의 손을 잡고 말없이 강물을 바라보며 서 있었다. 우리의 입김이 솜뭉치 같은 작은 구름이 되어 사라졌다. 마르카는 나를 더 꼭 껴안았다.

　"네 생각엔 이제 어떻게 될 것 같아?"

　나는 그녀가 무얼 말하는지 잘 알 수 없었다. 어쩌면 제레미, 어쩌면 우리 음반 또 어쩌면 우리 둘일 것이다. 어쨌든 이런 질문에는 누구도 대답하기 어렵다. 나는 팔을 그녀의 어깨 위로 둘렀다.

　"넌 우리가 지금까지 키스를 몇 번이나 한 것 같아?"

　내 질문에 그녀는 웃음을 터뜨렸다.

　"내가 어떻게 알아, 내가……."

　그녀는 골똘히 생각에 잠겼다.

　"아마 수천 번은 되겠지."

　그게 정확한 숫자 같았다.

★

마음의 소리에 귀를 기울이면

책을 번역하다 보면 시작할 때의 설렘은 잊어버린 채 빨리 끝났으면 하는 때가 있다. 그런데 이번에는 이야기가 끝나는 것이 못내 아쉬웠다. 무엇이 내 마음을 붙들었을까?

『제레미, 오늘도 무사히』에는 군대에 간 형, 제레미의 이야기와 첫사랑을 경험하며 록 가수의 꿈을 키우는 동생, 오스카의 이야기가 있다. 두 이야기는 다른 이야기지만 서로 연결된다. 오스카는 형의 참전으로 인해 힘들어진 마음을 나누고 표현하면서 같은 반 여학생 마르카와 가까워지고 로커로서의 꿈을 이루기 때문이다. 평범한 소년이 갑자기 닥쳐온 마음의 혼란을 딛고 자신의 삶을 가꾸어 가는 모습은 잔잔하지만 긴 여운을 지닌 감동을 준다.

소설의 화자인 오스카는 형이 갑자기 군대에 가게 되자 힘들어한다. 형과는 16년간 거의 매일 얼굴을 맞대고 살았고, 시간 날 때마다 같이 연습하며 로커로서의 꿈을 키워왔기 때문에 형의 빈자리를 더 크게 느끼는 것이다.

특히 형이 부모님에게 보내는 편지와는 다르게 오스카에게 보내는 이메일에는 공포와 불안이 일상화된 전쟁터의 풍경이 생생히 적혀 있다. 오스카는 형의 비밀을 혼자 감당해야 한다.

오스카는 형에 대한 걱정과 불안을 어떻게 견딜 수 있었을까?

오스카는 마르카와 함께 음악을 통해 힘든 마음을 표현하게 된다. 형을 떠나보내고 전쟁터에서 보내온 형의 소식을 접하면서, 그리고 마르카의 오빠인 제프의 부상과 형의 탈영을 보면서 느끼는 불안과 두려움, 안타까움과 분노, 그리움과 희망…… . 그런 감정을 토해 내면서 감정의 실체가 점점 분명해진다. 소박하고 평화롭게 살던 자신과 가족이 마음을 졸이게 된 것은 국가나 군대 같은 공권력의 음모—군 입대를 이렇게 표현한 것이 지나쳐 보일지 모르지만 파병은 어쨌든 속임수였다—에 휩쓸리면서부터다. 그러한 깨달음이 있기 때문에 노래에 저항을 담고 자유와 존엄성을 지켜 내려는 병사들의 아픈 선택을 표현할 수 있게 된다.

오스카처럼 무언가를 통해 감정을 승화하는 것은 어떤 의미를 가질까? 우리는 보통 마음이 힘들 때, 혼란스러워하며 힘든 감정을 피하려 한다. 그런데 승화를 통해서는 힘든 마음을 피하지 않고 적극적으로 인정하게 된다. 그럴 때, 우리는 오히려 깊은 안정감을 느끼면서 그 감정이 어디서 오는지, 그리고 그러한 감정에 대해 자신들이 어떻게 해야 하는지도 알 수 있다. 혼란에서 벗어나 자신의 느낌과 생각에 대해 확신을 가지게 되면서 편안해지는 것, 요즈음은 그런 경험을 힐링 또는 치유라고 부르는데, 오스카와 마르카는 스스로를 치유한 셈이다.

오스카와 마르카는 자신들의 감정에 맞는 단어를 고르고 곡을 만들면서 자연스럽게 사랑에 빠진다. 오스카는 제프의 부상을 위로하면서 마르카와 키스를 하는데, 마르카는 슬프기도 하고 좋기도 한 자신의 느낌을 솔직하게 표현한다. 그것은 오스카의 마음이기도 하다. 사랑하는 이들은 그렇게 마음을 나누면서 죄책감을 덜고 사랑을 다져 갈 것이다. 서로에게 위로와 힘을 주는 그들의 수줍고 풋풋한 사랑을 보면서 마음이 흐뭇해지는 것은 왜일까.

청중에게 호평을 받은 그들은 가수의 꿈을 이룬다. 청중이 감동한 이유는 사라의 고백처럼, 노래에서 '마음속 깊은 곳에 숨겨져 있던 그들의 감정이나 진실을 발견'했기 때문이다. 그것은 '너무 내면적인 거라서 아무도 적절한 말로 표현해 내지 못한 것'이다. 이는 우리가 책을 읽거나 그림을 보면서 체험하는 것이기도 하다. 오스카와 마르카가 청중의 공감을 끌어내고 나아가 자신들의 진로를 찾을 수 있었던 건, 자신들의 절실한 감정을 표현할 줄 알았기 때문이다.

오스카는 형의 파병으로 정서적 어려움을 겪지만 그것에 휘둘리거나 짓눌리지 않고 일상을 이어가면서 자신을 찾아간다. 그런 성장의 힘은 마음의 소리에 귀를 기울일 줄 알았기 때문이다. 그 점에서 오스카는 아버지와 다르다. 아버지는 베트남전에서 다리를 잃었을 뿐 아니라, 전쟁 중이었어도 자신이 살인을 저지른 것이 아닌가 하는 후회와 죄책감으로 힘들어한다. 아버지는 그런 불편한 감정을 피하고자 자신의 과거 경험을 지우고 다른 사람으로 살아간다. 그런데 큰아들 제레미가 참전하게 되면서 집안에 같은 실수가 두 번 되풀이되는 아픔을 겪게 된다. 마음의 소리를 외면한 대가를 비싸게 치른 셈이다. 아버지는 다시 마음의 혼란을 겪지만 이번에는 작은아들의 노래에 공감하면서부터일까. 자신의 과거를 털어놓게 되면서부터일까, 제레미의 선택을 비난하지 않고 존중하게 된다.

제레미의 선택은 죽음에 대한 공포에서만 나온 것은 아니다. 그것은 자신이 평생 후회하게 될 일, 즉 사람 죽이는 일을 계속해야 한다는 두려움에서 나온 것이기도 하다. 그건 또한 아버지가 가장 힘들어한 감정이기도 한데, 여기서 제레

미는 아버지와는 다르게 탈영이라는 다소 충격적인 선택을
한다. 힘든 감정을 회피하지 않고 직면하면서 전쟁을 거부할
용기를 얻게 된 것이다. 대가가 따르지만 자신의 상황에서
나름 주체적으로 판단하게 된 점은 제레미에게도 성장이 아
닐까 싶다.

소설은 전쟁을 바라보는 단순하지 않은 관점, 다소 충격적
인 결말 등 무거울 수 있는 주제를 다룬다. 하지만 사랑과 음
악을 담은 동생의 이야기 덕분에 결코 무겁지 않을 뿐 아니
라, 성장의 의미를 되새기게 하는 작품이다.

김주열

제레미, 오늘도 무사히

2013년 7월 30일 1판 1쇄

지은이 : 자비에-로랑 쁘띠
옮긴이 : 김주열

편집 : 김태희, 김태형, 이혜재 | 디자인 : 권지연
제작 : 박흥기 | 마케팅 : 이병규, 최영미, 양현범, 정은숙

출력 : 한국커뮤니케이션 | 인쇄 : POD코리아 | 제책 : 정문바인텍

펴낸이 : 강맑실
펴낸곳 : (주)사계절출판사 | 등록 : 제406-2003-034호
주소 : (우)413-756 경기도 파주시 문발동 파주출판도시 513-3
전화 : 031)955-8588, 8558 | 전송 : 마케팅부 031)955-8595 편집부 031)955-8596
홈페이지 : www.sakyejul.co.kr | 전자우편 : skj@sakyejul.co.kr
독자카페 : 사계절 책 향기가 나는 집 cafe.naver.com/sakyejul
페이스북 : facebook.com/sakyejul | 트위터 : twitter.com/sakyejul

값은 뒤표지에 적혀 있습니다. 잘못 만든 책은 구입하신 서점에서 바꾸어 드립니다.
사계절출판사는 성장의 의미를 생각합니다. 사계절출판사는 독자 여러분의 의견에 늘 귀 기울이고 있습니다.

ISBN 978-89-5828-684-4 44860
ISBN 978-89-5828-473-4 (세트)

이 도서의 국립중앙도서관 출판시도서목록(CIP)은 e-CIP 홈페이지(http://www.nl.go.kr/cip.php)에서
이용하실 수 있습니다.(CIP제어번호: CIP2013012239)